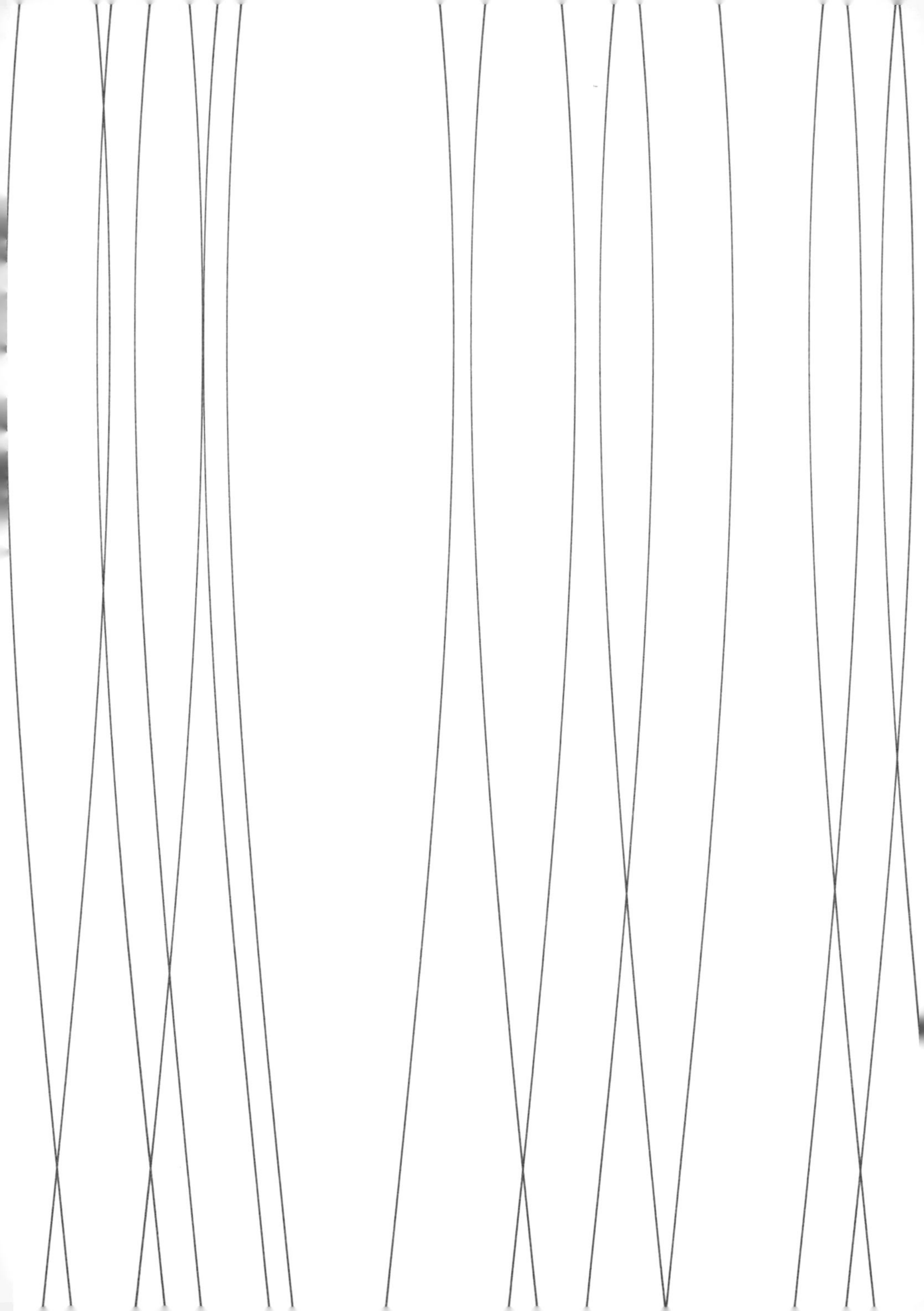

黃金之葉

行進於知識的密林裡，
途徑如此幽微。
我們尋覓一些參天古木，作爲指標，
我們也收集一些或隱或現的黃金之葉，引爲快樂。

黃
金
之
葉
29

Net and Books 網路與書

大唐狄公案：蓬萊幽魂・黃金案

The Chinese Gold Murders (Fantoom in Foe-lai)

作者：高羅佩（Robert van Gulik）
譯者：張凌
責任編輯：沈子銓
封面設計：簡廷昇
內文排版：宸遠彩藝

出版者：英屬蓋曼群島商網路與書股份有限公司台灣分公司
發行：大塊文化出版股份有限公司
台北市 105022 南京東路四段 25 號 11 樓
www.locuspublishing.com
TEL：(02)8712-3898　FAX：(02)8712-3897
讀者服務專線：0800-006689
郵撥帳號：18955675　戶名：大塊文化出版股份有限公司
法律顧問：董安丹律師、顧慕堯律師

總經銷：大和書報圖書股份有限公司
地址：新北市 24890 新莊區五工五路 2 號
TEL：(02)8990-2588　FAX：(02)2290-1658

初版一刷：2024 年 2 月
定價：新台幣 320 元
ISBN：978-626-7063-57-6

Judge Dee Mysteries

大唐狄公案

蓬萊幽魂・黃金案

The Chinese Gold Murders

Fantoom in Foe-lai

Robert van Gulik

高羅佩　著、繪

張凌　譯

推薦序

偵探狄公的四大要件

張國立（作家）

推理小說三大準則：誰犯的？怎麼犯的？為什麼犯？具體的說法是：凶手、手法、動機。

還有第四大要件：誰破案？

高羅佩小時候隨父母住在印尼的巴達維亞好些年，其間學到中文，一九二九年進入荷蘭北部的萊頓大學跟隨研究古中國學的戴聞達（J. J. L. Duyvendak）老師，培養出對中文與中國歷史、文化的興趣。日後進荷蘭外交部工作，外派地區以東亞為主，在東京時湊巧買到清朝人寫的《狄公案》，抗戰期間他在重慶，翻譯了這本小說，於一九四九年出版。

顯然高羅佩不只看了《狄公案》，也看了許多明清時代的公案小說，因而他指出中國傳統偵探小說和西方的推理小說有幾個不同的地方，包括太多儒家或佛、道的道德說明、太多人物、往往脫離不了神怪，最違反推理原則的是罪犯一開始即登場。

章回小說的確有此問題，辦案者很早便鎖定凶嫌，主要篇幅花在如何使凶嫌認罪。以《包公案》為例，其中一則故事講十八歲秀才和十七歲少女相互愛慕，兩人見面是由女的從窗戶垂下白布，秀才攀著白布進出。有天秀才未如約找女孩，有名和尚每晚敲木魚念佛巡街，見到窗口的白布心裡有數，必是「養漢婆娘垂此接奸上去」，就攀進二樓屋內，少女見來的是不是她意中人當然百般抗拒，和尚一氣之下殺了她，掠走珠寶逃逸。

包公接到報案對街坊展開調查，幾位鄰居說出秀才與死者的事，當即逮了秀才偵訊，發現不像凶手，再打探出叫街和尚於這個月經常夜晚經過凶宅前的巷子。鎖定凶嫌，破案手法是派差役扮成少女鬼魂嚇和尚，三兩下和尚被嚇得講出實情，破案。

高羅佩說明：

中國法律有一條基本原則，即任何人在自行招供罪行之前，不得被判有罪。有些頑固死硬的罪犯即使面對鐵證仍會拒絕認罪，並藉此逃避懲罰。為了避免發生此種情形，允許依法用刑，比如用鞭子或竹板抽打，枷手或枷踝。

過去中國官員辦案重視招供，只要嫌犯認罪即可，不太講究證據。以前臺灣也如此，二十多年有件命案，警方取得凶嫌認罪的口供，為了填補法律上需要的證據，押解凶嫌到他所稱的地點尋找凶器，怎麼也找不到，居然照樣起訴。《包公案》裡裝鬼嚇凶嫌的過程固然生動，用現在推理小說的條件來看，當然罪證不足。

至於神怪破案，再看《施公案》，第一回的「胡秀才告狀鳴冤，施賢臣得夢訪案」，胡秀才父母死在家中，頭被割掉，施公認為絕非搶案，深仇大恨才會取人頭顱，苦思如何破案，晚上夢到九隻黃雀與七隻小豬，便要捕快追捕九黃與七豬，施公也便衣偵察，最後發現凶手是名背後有九顆小瘤綽號九黃的道士與胸前長七顆黑痣綽號七珠的尼姑。得到線索而追索真凶的確是推理，可是線索來自夢就有點違反推理原則。

當然，傳統的章回小說雖以辦案為包裝，主要寫的是英雄行徑，不能硬裝進偵探小說的框框內，於是高羅佩從中得到靈感，用推理寫古典小說，有個名詞「故事新編」。《大唐狄公案》於焉完成，以中唐時期名相狄仁傑仍是縣令時為背景，寫出處理懸案的過程。最精采的是每篇小說皆埋入推理小說必要條件的「詭計」，透過令人想不到的手法，反轉故事，進而恍然大悟地佩服狄公觀察之細微與廣博的知識。

「詭計」固然重要，但從夏洛克．福爾摩斯（Sherlock Holmes）之後，誰破案同樣重要，作家塑造出許多歷久不衰的經典人物，福爾摩斯、白羅（Hercule Poirot）、明智小五郎，乃至於馬修．史考德（Matthew Scudder）、江戶川柯南與硬漢派的傑克．李奇（Jack Reacher）。

高羅佩筆下的狄公有其傳統中國文人的一面，朋友與女兒曾說他沉浸在中國書法、水墨畫與詩詞之中。也在重慶的住處掛了「吟月庵」的匾，他是吟月庵主。學過古琴，和一群知己組成天風琴社，並於重慶表演過。妻子水世芳的父親為民國時期的外交官水鈞韶。寫過《中國琴道》、《嵇康及其琴賦》的文章。

狄公根本是他的化身，因此看《大唐狄公案》會令人產生錯覺，以為是十九世紀的章回小說，但讀進去又滿滿的現代推理氣氛。應該說狄公帶著阿嘉莎‧克莉絲蒂（Agatha Christie）筆下翹鬍子偵探白羅的優雅，推理精神又非常江戶川亂步。

一九六七年高羅佩病逝荷蘭海牙，留下始終列為經典的狄公。二〇一六年我在上海郊區朋友家住了一陣子，他愛看書，收集了幾千本中外小說，閒著便往他快塌了的書架裡找寶貝，恰好翻出大陸出版的《狄公斷案傳奇》系列，將他每一本小說裡面用的詭計做了筆記。我想，高羅佩在硬梆梆的官場文化，保留了充滿幻想的童稚感情。

凶手、手法、動機、偵探四大要件，我看到高羅佩在縣令官署小房間內咬著毛筆頭思考詭計的狄公模樣。

目錄

插圖一覽

前言

《黃金案》將我們帶回了狄公仕途生涯的起點。在三十三歲時，他首次擔任地方縣令，前往位於山東省東北海岸的蓬萊就職。

當時唐高宗（六四九年至六八三年在位）贏得了對於高麗大部分領土的宗主權。根據狄公案系列小說年表，狄公於六六三年夏天到達蓬萊[1]。在六六二年秋天的中國高麗戰爭中，中國擊敗了高麗日本聯軍，玉素姑娘便是被擄來的戰俘。喬泰做為百長，參加過六六一年的戰役。

書前附有蓬萊地圖，後記中有關於中國古代司法制度的介紹，其內容從本系列小說前一部中轉來並稍作改動，另有關於小說素材來源的說明。

高羅佩

1 狄公於六六五年從蓬萊調任至漢源，六六八年又調任至江蘇蒲陽，六七〇年調至位於西部邊陲的蘭坊並任職五年，六七六年調至北部的北州，做為地方縣令破獲了最後三樁疑案，同年被擢升為京師大理寺卿。——原註

蓬萊全圖

1. 縣衙
2. 孔廟
3. 關帝廟
4. 城隍廟
5. 鼓樓
6. 九華莊
7. 旅店
8. 大蟹飯莊
9. 碼頭
10. 河流
11. 高麗坊
12. 溪流
13. 彩虹橋
14. 白雲寺
15. 花船
16. 水門
17. 曹家故宅
18. 易宅
19. 顧宅
20. 飯館

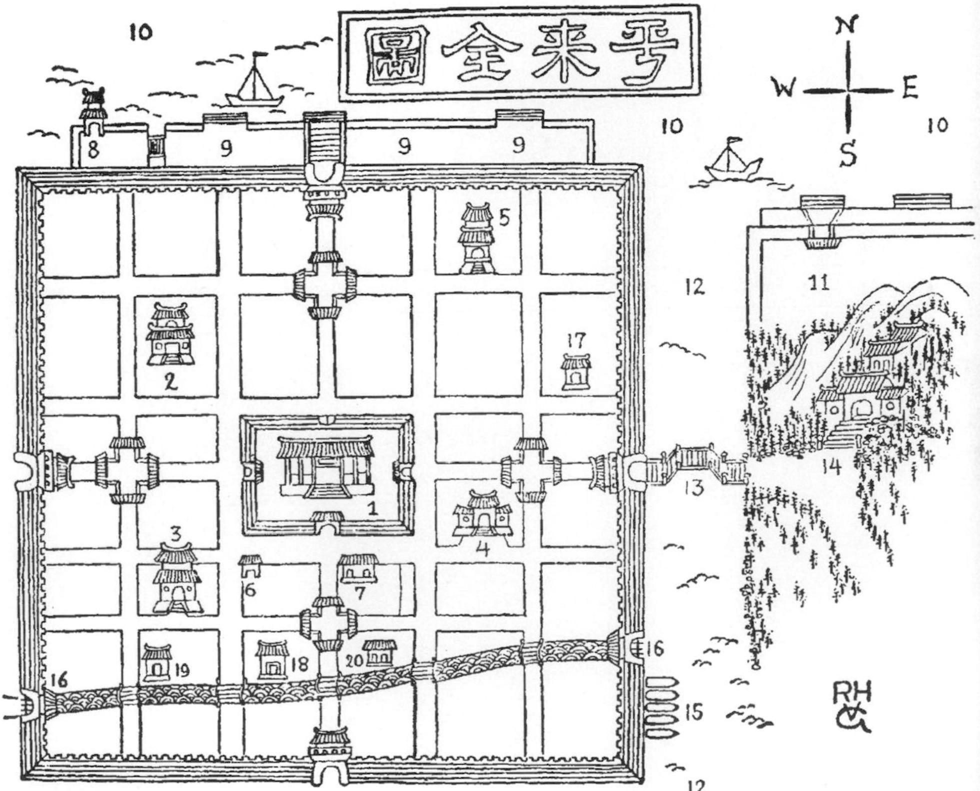
10
N
W
E
S
10
10
8
9
9
9
5
12
11
2
17
1
13
14
3
4
6
7
16
19
18
20
16
15
RH
12

人物表

狄仁傑：新任蓬萊縣令，人稱「狄公」。蓬萊位於山東省東北海岸。
洪亮：狄公的親信隨從，縣衙都頭，人稱「洪都頭」。
馬榮：狄公的親信隨從。
喬泰：狄公的親信隨從。
唐主簿：蓬萊縣衙主簿。
王德化：原蓬萊縣令，在書齋中被人毒殺。
玉素：高麗妓女。
易本：富裕船業主。
白凱：易本的管事。
顧孟賓：富裕船業主。
顧曹氏：顧孟賓的新婦。

曹敏：顧曹氏之弟。
曹鶴仙：顧曹氏之父，經學博士。
金桑：顧孟賓的管事。
范仲：蓬萊縣衙書辦。
老吳：范仲的男僕。
裴九：范仲的佃農。
裴淑娘：裴九之女。
阿廣：無業閒漢。
海月：白雲寺住持。
慧本：白雲寺首座。
慈海：白雲寺施賑僧人。

第一回
三故友道別亭閣內　二強人攔路大道中

無常世間，常有聚散。
悲歡更迭，晝夜流轉。
官員來去，公義存焉。
皇統國祚，千秋萬年。

三名男子就座於悲歡閣的頂層，一邊眺望著從京師北門出城而去的大道，一邊各自默默飲酒。這是一座老字號的三層酒樓，位於松林密布的小丘之上，不知從何時起，這裡便成了京官專門送別外放官員的地方，待到他們任期已滿、返回京城時，亦在此處相迎。正如鐫刻在前門上的開篇詩句所言，這閣子因其迎來送往之用而得名。

天空一片陰霾，春雨下得淅淅瀝瀝，彷彿永無休止。小丘背後的墳園內，兩個苦力正躲在一棵古松下避雨，彼此緊緊靠在一處。

三位友人已草草用過午膳，眼看道別在即，然而這最後的時刻煞是艱難，人人都試圖說些合宜的話語，卻搜腸刮肚也想不出一句來。三人皆是三十左右年紀，其中二人頭戴主簿的錦帽，即將上路的一位則頭戴地方縣令的黑帽。

梁主簿重重放下酒杯，對那縣令含怒說道：「年兄此舉真是大可不必，小弟至今為之倍感傷神！你明明可以做到大理寺主簿，如此一來，便與這位侯兄成了同仁，我等仍可在京師中逍遙度日，再說年兄——」

狄公捋著一把漆黑的長髯，已是頗覺不耐，此時斷然插話道：「你我此前已經議論過數次了，況且——」話剛出口，卻又立時煞住，歉然一笑道：「我也對二位說過，整日埋頭案牘公文，只研究些紙上官司，我早已心生厭倦。」

「那也不必非得離開京城吧。」梁主簿又道，「莫非此地就沒個令人起興的案子不成？戶部員外郎一案如何？那人似是名叫王元德，殺死下屬小吏，還從銀庫中竊走了三十錠黃金，從此遁跡潛逃。侯兄的叔父，戶部郎中侯廣大人為了此事，正天天催問大理寺可有消息，侯兄想必最清楚不過了！」

身著品官補服[1]的侯主簿面露憂色，猶豫片刻後方才答道：「我們至今仍未發現那歹人的一絲蹤跡。狄年兄，這案子可是相當怪異！」

「你想必也知道，」狄公淡淡說道，「此案由大理寺卿親自過問，你我看過的只是例行公文與抄件而已，除了文書還是文書！」說罷取過鑞製酒壺，給自己又斟滿一杯。

三人默然半晌，梁主簿又開言道：「年兄至少也該挑個更好的去處才是！蓬萊遠在海疆，霧雨連綿，甚是陰冷淒清。關於那地方，自古以來便有種種奇事異聞，莫非你不曾聽人講過？據說在風雨之夜，死人會從墳墓中爬出，海上吹來的迷霧裡常有奇形怪狀的東西，甚至聽說樹林裡有人虎出沒。有人已然被害身亡，你卻要去接替他的職位！但凡明智識竅者，都會拒絕去蓬萊任職，誰知年兄竟然毛遂自薦！」

狄公卻是聽而不聞，興沖沖地說道：「試想甫一到任，便有一樁疑案擺在眼前。從此以後，我總算可以甩脫枯燥無味的案牘公文，能與有血有肉、生氣勃勃的大活人打上交道了！」

「別忘了你還得與死人打交道哩！」侯主簿淡淡說道，「派去蓬萊的查案官回京後，

1 指綴有「補子」的中國古代官服。明代補服的補子是一塊約四十到五十平方公分的綢料，織成不同紋樣，再縫綴到官服上，胸背各一，表示品級，文官用飛禽，武官用走獸，各分九等。

上報曰關於蓬萊縣令被害一案，至今不明凶手是何許人，亦不知為何要殺人害命。我曾經跟你講過，查案官帶回的案卷存放在大理寺檔房內，居然有一部分莫名失蹤了！」

「個中玄機，你我皆是心知肚明！」梁主簿附和道，「足見縣令被害與京師不無干係。年兄若是辦理此案，天曉得會捅出什麼馬蜂窩來，或是因此被捲入高官顯宦們的陰謀中去也未可知！你已是明經及第，有此功名，留在京師中定會前程大好，何必埋沒在蓬萊那樣的偏僻之處！」

「小弟也建議年兄不妨三思。」侯主簿亦熱切說道，「眼下仍為時未晚。你只需推說突發小恙，告上十天的病假，吏部自會另行委派他人赴任。狄年兄千萬聽小弟一句，只因你我是知交好友，我才會道出此言！」

狄公見二友眼中流露出殷殷懇切之意，不禁頗為動容。自己與侯主簿相識雖不過一年，卻已深覺此人頭腦敏銳、才幹優長，一向讚賞有加。

狄公舉杯一飲而盡，起身溫顏說道：「二位一片憂慮關懷，足見高誼，狄某承情之至！二位所言甚是中肯，留在京師的話，於我的前程更為有利，但我自認應有此擔當。梁兄方才說的功名，在我看來只是老套常規，算不得什麼大事，後來在祕閣中埋頭公文，消磨數載，亦是乏善可陳。狄某心意已決，立志從今往後，上為天子，下為黎民，竭誠效力，萬死不辭，非如此不足以心安，蓬萊才是我走上仕途的真正起點！」

「或是終結也未可知。」侯主簿低聲咕噥一句，起身踱至窗前，正瞧見那兩個苦力已走出樹蔭開始掘土造墓，忽然面上變色，連忙顧視左右，又轉頭啞聲說道：「外面已是風停雨歇。」

「那我便上路了！」狄公朗聲說道。

三人順著狹窄盤旋的樓梯，一路朝下走去。

只見一位老者牽著兩匹坐騎，正在院中等候。夥計斟好了上馬酒，三友皆一飲而盡，最後又語不成句地叮嚀囑咐一番。主僕二人登鞍上馬後，狄公揚鞭作別，然後朝著大道一徑馳去。

梁侯二人仍舊立在原地，目送狄公遠去。侯主簿面帶隱憂，開口說道：「我剛剛聽說一事，只是不想讓狄年兄知道。今日一早，有人從蓬萊入京，對我道是那邊正謠言紛紛，傳說有人看見了被害縣令的鬼魂在縣衙中四處遊蕩。」

❖

兩天之後，將近正午時分，狄公與其隨從行至山東省界。二人在兵營關卡中用過午飯，又換過馬匹，然後沿著大道一路朝東，直奔蓬萊而去，此時途經一片鄉間地帶，周圍山坡起伏，密林叢生。

狄公身著簡樸的褐色騎服，將官袍與其他幾樣行李一併裝入兩隻大鞍袋中。離京之前，他決意獨自一人先赴蓬萊，稍事安頓之後，兩位夫人與子女隨後再到，因此方可輕裝出行，待家眷僕從們一路車馬箱籠前來時，再捎上自己的一應家什。狄公有兩件最為珍愛的寶物，皆由隨從洪亮攜在身上，一是著名的雨龍劍——此乃狄家的傳家之寶，二是一部關於司法斷案的典籍——狄公之父生前曾官至尚書左丞，在此書中留下了許多親筆批註。

洪亮原是太原狄府的一名老家僕。狄公尚在幼年時，便得他悉心照料。後來狄公遷至京城並自立門戶，忠心耿耿的洪亮始終襄助左右，既能督管家中一應事務，又能出謀劃策，十分得力。如今狄公外放蓬萊，洪亮仍堅持一路相隨。

狄公緩轡而行，轉頭說道：「洪亮，如果天氣一直晴好，今晚我們便可抵達兗州城，明日一早再出發上路，午後便能走到蓬萊境內。」

洪亮點頭說道：「我們應對兗州的軍營統領提議，讓他派出信使快馬先行，好去蓬

三故友道別亭閣內

萊縣衙告知老爺即將駕臨的消息，並且——」

「此事大可不必！」狄公插言道，「那邊自從縣令遇害後，由主簿負責暫理一應庶務，讓他得知新縣令已經任命便足矣！今日經過省界時，軍營統領提出派兵護送，但我更願悄悄抵達，不想驚動地方，因此才辭謝未受。」

狄公見洪亮默然不語，便又說道：「我已仔細讀過王縣令被害一案的案卷，但是最要緊的一部分文書卻已不翼而飛，即在死者書齋內找出的私人信札。查案官將這些書信帶回京師，不料卻被人盜走了。」

洪亮憂心說道：「查案官在蓬萊時，為何只駐留了短短三日？朝廷命官被害畢竟非同小可，他本應多花些時日，對於凶手為何作案、如何作案，至少也該查出個眉目來再走才是。」

狄公頻頻點頭，議論道：「此案頗多蹊蹺之處，這只是其中的一樁罷了！查案官只是報稱王縣令被毒殺在書齋內，毒藥是用蛇根木磨成的粉末。至於如何下的毒，卻是一無所知，關於凶手究竟是誰以及為何作案，亦是毫無線索！」

半晌過後，狄公又道：「此次任命一被批准，我便去大理寺拜會那查案官，不想他另有要務，已遠赴南方去也。他手下主簿給我的文書並不齊全，還說查案官從未跟他議論過此案，不曾留下任何批註，也沒說過應當如何繼續追查。看此情形，我們怕是得從頭做起了！」

洪亮並未答言，似是沒有狄公那般心熱。二人默默走了一陣，半日也沒遇見一個路人，不覺行至一片鄉間野地，道路兩旁皆是大樹與濃密的灌木叢。

二人經過一個轉彎處，路邊小徑上突然冒出兩個騎馬的大漢，身穿打了補丁的騎服，頭上紮著骯髒的藍布條，一人彎弓搭箭，正瞄準他們兩個，另一人手持鋼刀驅馬上前，大聲喝道：「當官的，趕緊下馬！留下你和那老頭兒的買路財！」

第二回 惡鬥中斷未分勝負 舉杯歡飲從此結盟

洪亮在馬背上急忙轉身，意欲將兩龍劍遞給狄公，不料一枝羽箭正擦著頭皮飛過。

「老頭兒，收著你那破銅爛鐵別動！」持弓者叫道，「不然就一箭射穿你的喉嚨！」

狄公迅速估量一下眼前的情勢，分明是突遭暗算，且又無力反擊，不禁惱怒地咬緊雙唇，暗罵自己不該辭謝官兵護送。

「快些拿錢出來！」持刀者吼道，「遇上我們兩個綠林好漢，算是你的造化，姑且放你一條生路逃命去吧。」

「什麼綠林好漢！」狄公甩鐙下馬，冷笑一聲說道，「搶劫手無寸鐵的路人，還有弓箭手替你護駕！不過是一對平常的剪徑蟊賊罷了！」

那大漢從馬背上一躍而下，動作異常迅捷，立在狄公面前，手持鋼刀拉開架勢。只見他身量比狄公還要高出一寸左右，寬肩粗頸十分壯碩，一張闊臉湊上前來，怒道：「你這狗官，休得罵人！」

狄公面上漲得通紅，對洪亮命道：「拿我的劍來！」

持弓者聞聽此言，立時驅馬趕到洪亮身前，對狄公喝道：「閉上你的嘴，老實聽話照辦！」

「只管放出手段來，讓我看看你們並非是剪徑蟊賊！」狄公怒道，「給我寶劍，我會先結果了這個賊人，然後再收拾你！」

持刀的大漢突然大笑幾聲，放下鋼刀，對持弓者叫道：「老兄，我們就跟這大鬍子消遣一二！把劍給他，我非得讓這書呆子稍稍吃些苦頭不可！」

持弓者若有所思望了狄公一眼，對同伴厲聲說道：「沒工夫消遣了！我們還是趕緊奪了馬匹，離開此地。」

「果然不出我所料，」狄公輕蔑地斥道，「大話連篇，膽小如鼠！」

大漢罵了一聲娘，走到洪亮的馬前，一把抓過寶劍擲予狄公。狄公接劍在手，先迅速脫下長袍，又將長髯分作兩綹，在脖頸後繫成一結，方才拔劍說道：「無論勝負如何，你們都得放了那老者！」

大漢點頭同意，隨即舉刀衝狄公胸口刺來。狄公輕鬆擋開後，一連幾下左右開弓，令對手不得不喘著粗氣退後幾步，多加了幾分小心，才重又攻上前來。一場打鬥漸漸激烈，洪亮與持弓者從旁屏息觀望。幾個回合過後，狄公明顯看出對手的劍術是無師自通、邊打邊學來的，刺擊的位置不如正經學藝者精準，但是此人體力極佳，並且很有策略地一再引誘狄公到路邊激鬥，那裡地面坑窪不平，更易施展出他的腳下功夫來。狄公雖然習武多年，但是要說在武場外與人真正打鬥，這還是生平頭一遭，只覺十分快意，正在尋思不久便有機會取勝，對方的尋常鋼刀卻已不敵雨龍劍的鋒刃，就在對手用力一劈時，「哐啷」一聲斷成了兩截。

大漢呆立在原地，愣愣地看著手中的斷刀。狄公一轉頭，對另外那人喝道：「輪到你了！」

持弓者從馬背上跳下，脫去外褂，又撩起長袍的下襬掖在腰間。方才他已看出狄公劍法一流，二人交手後，彼此快速進擊推擋幾下，狄公也看出對方身手不凡，端的是訓練有素的行家裡手，自己絕不可掉以輕心，越發覺得渾身血往上湧，頭一場打鬥正好舒活了筋骨，如今感覺已入佳境，雨龍劍也彷彿與自己融為一體，運用得格外自如。只見狄公連攻數下，時而虛晃，時而直刺，對手側身避開，雖則膀大腰圓，腳下卻異常靈活，隨後又迅速猛砍數下做為回擊，只聽雨龍劍揮動處颯颯有聲，擋開了招招擊刺，然後直刺向對手的咽喉，可惜偏了一寸。那大漢並不畏懼，左右虛晃幾下，準備伺機再戰。

忽聽一陣兵刃撞擊的鏘鏘聲，只見一支馬隊繞過轉彎處疾馳而來，卻是二十名騎兵，個個背弓佩劍，將狄公等人團團圍住。

「你們在此處做甚？」領頭者喝問道。此人身穿甲衣，戴著一頂綴纓頭盔，可知是個巡兵百長。

眼看頭一次與人打鬥被迫中斷，狄公十分著惱，便衝口答道：「在下狄仁傑，乃是新任蓬萊縣令。這三人是我手下隨從，一路走來，只覺腿腳僵硬得很，於是在此地耍弄刀劍，專為舒活一二。」

百長面帶疑色瞥了四人一眼，大聲說道：「縣令大人，煩請尋出官牒來與我瞧瞧。」

狄公從靴筒內抽出一個信封遞上。那百長匆匆瀏覽過裡面的文書，又交還給狄公，行了個禮，恭敬說道：「十分抱歉攪擾了大人。聽說附近有剪徑強人出沒，我等不得不小心提防。還望大人一路順風！」又朝手下喝令一聲，一行人馬如飛而去。

等那一隊巡兵消失了蹤影，狄公方才舉起寶劍，口中說道：「我們接著再來！」並朝大漢的前胸刺去。

路遇劫匪二人惡鬥

不料大漢擋開這一劍後，隨即收刀入鞘，率然說道：「縣令還是趕路去吧。想不到天下為官作宰者還有如你這般之人，令我心中甚慰。」說罷朝同伴示意一下，二人跳上馬背。

狄公將寶劍交給洪亮，重又穿上長袍，說道：「我收回方才說過的話。你們確是兩條好漢。不過長此以往，你二人定會如平常盜賊一般白白斷送了自家性命。無論以前有何冤仇，還是通通忘在腦後為上。聽說唐軍在北方邊陲與胡人大戰，正需要你們這般的人才。」

持弓者迅速瞥了狄公一眼，平靜說道：「奉勸縣令自己把劍背好，不然怕是又會遭遇不測。」說罷撥轉馬頭，二人一同消失在密林之中。

狄公從洪亮手中取過寶劍，負在自己背後。洪亮滿意地說道：「老爺給了他們一頓好教訓。不知那二人以前做何營生？」

「尋常來說，這些人都是心中懷有或虛或實的怨憤與不滿，」狄公答道，「於是走上了違法反叛的歧路。不過他們有自己的信條，只劫掠官員與富戶，還常會幫助窮苦百姓，有著英勇俠義的名聲，自稱為『綠林兄弟』。好了，洪亮，真是一場好鬥，不過也耽擱了不少工夫，我們抓緊時間上路吧。」

黃昏時分，主僕二人進入兗州城，被城門守卒直接送往驛館。驛館位於此城中心，專為過路的官員所設。狄公要了一間二樓的客房，又命夥計送些吃食來，經過長途勞頓，頗覺飢腸轆轆。

用過晚膳後，洪亮為狄公斟上一杯熱茶。狄公坐在窗邊朝外眺望，只見驛館前方有許多兵士正穿梭往來，火把的光亮映得頭盔鎧甲格外耀眼。

忽聽有人叩門。狄公轉頭一看，只見兩個高大漢子走入房中，不覺驚叫道：「老天！居然是你們這對綠林兄弟！」

兩條大漢笨拙地躬身一揖，雖然仍舊穿著打有補丁的騎服，頭上卻已戴了獵帽。先與狄公交過手的魁梧大漢開口說道：「今天午後，老爺在路邊對那百長說我二人是你的隨從。過後我們兄弟合計了一番，心想老爺既是縣令，我二人不應害得老爺扯謊。若是肯收留我們，從此願效犬馬之勞，忠心服侍老爺左右。」

狄公聞聽此言，不禁揚起兩道濃眉。另一個大漢急忙又道：「我二人雖說對縣衙公務一竅不通，但還懂得依令行事，沒準能為老爺幹點力氣活，多少派上一些用場。」

「你們姑且坐下。」狄公說道，「我先聽聽你二人的來歷。」

兩個大漢坐在腳凳上。頭一人將碩大的雙拳擱在膝頭，清清喉嚨說道：「我名叫馬榮，原是江蘇人。我爹曾有一條貨船，我本是他的幫手，由於長得身強力壯，又專好與人打架，我爹便送我去跟一個有名的拳師學藝，還讓他教我讀書寫字，日後好去入伍從軍。可惜後來我爹意外身亡，還留下許多債務，我迫不得已賣掉貨船，給當地縣令做了保鏢。但是沒過多久，我就發現那廝不但貪贓枉法，且又生性狠毒，為了霸占一個寡婦的財產，竟將那女人屈打成招。我與他爭執起來，那廝動手打我，於是我便狠狠教訓了他一頓，過後不得不亡命山林。但我敢以我爹的名義發誓，我從沒隨便殺過人，也從沒劫得誰傾家蕩產過。我這位義兄也是如此。要說的就是這些！」

狄公聽罷點頭，又看看另外那人。只見他直鼻薄唇，相貌周正，輪廓分明，此時手捻髭鬚說道：「我本是名門之後，如今隱姓埋名，姑且自稱喬泰。有個軍官曾故意派我的戰友們去送死，我立誓要為他們報仇雪恨。那惡人後來蹤跡全無，我向朝廷告發他的罪行，卻是無人理睬，於是我就投身綠林，走遍大江南北，唯願有朝一日能找到那個罪魁禍首，然後取了他的性命。我從不搶劫窮人，我的刀劍也是乾淨的，從沒沾上過不義之血。我為老爺效命，但是請老爺答應我一件事，一旦找到仇家，老爺就得放我離去。我以所有慘遭屠戮的戰友們之名發誓，一定要砍下那人的頭並扔去餵狗不可。」

狄公緩捋長髯，凝神注視著面前二人，半晌過後說道：「我接受你們的請求，也答應喬泰所說之事。不過，你一旦尋到仇家，須得先讓我知道，並考慮能否將他依律懲處。你們可與我同去蓬萊，看看有無用武之地。若不能如願，我自會對你們明言，你們也得答應過後立即加入北軍。若想跟隨於我，以上所言的條件，或是全有，或是全無。」

喬泰面露喜色，熱切地說道：「全有或全無，我們將銘記在心！」說罷站起身來，跪在狄公面前叩頭三下，馬榮也依樣而行。

二人起身後，狄公又道：「這位是我的親信家人洪亮，我對他事事都不隱瞞，以後你們三人將會時常共事。我也是頭一次做地方縣令，對於蓬萊縣衙是何模樣，尚且一無所知，想來書吏、衙役、守衛等都是本地人。我還聽說蓬萊正有怪事發生，天曉得那些衙員們會如何沆瀣一氣。我身邊需要有幾個親信，你們三人便是我的耳目。洪亮，叫夥計送一壇酒來！」

四隻酒杯一一斟滿後，狄公向三名親隨挨個舉杯，三人也恭祝老爺貴體康健、事事順遂。

❖

次日一早，狄公走下樓去，見洪亮與兩名新隨從正在庭院中等候。馬榮喬泰顯然已去店鋪中採買過衣物，換上了一身整潔的褐袍，腰繫黑絛，頭戴黑便帽，儼然一副官府差役打扮。

「老爺，今天陰雲密布，」洪亮大聲說道，「怕是會下雨的。」

「我已帶了斗笠在身，」馬榮說道，「如此一來，我們便可直奔蓬萊了。」

四人登鞍上馬，從東門出了兗州城。頭幾里路上行人甚眾，後來便漸漸稀少，剛剛進入一片無人的山地時，只見對面有一人騎馬疾馳過來，還牽了另外兩匹馬同行。馬榮瞥了一眼，讚道：「真是好馬！我喜歡那匹面上有白斑的。」

「那廝不該將皮箱放在馬鞍上，」喬泰插上一句，「純屬自招麻煩！」

「何出此言？」洪亮問道。

「在這地方，那紅皮箱子常是收租人用來裝現錢的，」喬泰答道，「聰明的話就該藏在鞍袋裡才是。」

「那人看去似乎十分匆忙。」狄公隨口議論道。

正午時分，眾人行至最後一道山梁處，忽然下起了一陣瓢潑大雨，於是躲在路邊的一棵大樹下暫避。遠遠望去，只見前方一片青蔥碧綠的半島，正是蓬萊縣所在。

四人略用了些冷點心，又聽馬榮大談自己與鄉下女子的幾遭豔遇。狄公雖對這些露骨的葷故事並無興趣，但也心覺馬榮貧嘴薄舌的頗有幾分詼諧，甚是引人發笑。馬榮正欲講述另一樁類似情事時，卻被狄公插話打斷：「我聽說附近一帶還有猛虎，原以為這些野獸會喜好更為乾爽的氣候。」

喬泰一直從旁默默聆聽，此時開口說道：「這事可說不準。此類猛獸通常會在密林叢生的高地上出沒，不過一旦嘗過了人肉的滋味，也會下到平原裡四處遊走。不定我們到了那邊，還能好好地打一回獵！」

「那些關於人虎的說法，又是怎麼回事？」狄公問道。

馬榮轉過頭去，不安地瞥了一眼身後漆黑的樹林，立即答道：「從沒聽說過！」

「老爺，可否借寶劍與我瞧瞧？」喬泰發問道，「看去似是一把上好的古劍。」

狄公將寶劍遞給喬泰，說道：「此劍名叫雨龍。」

「莫非這就是那著名的雨龍劍！」喬泰喜出望外，大聲叫道，「天下哪個劍客提起它來不是心懷敬畏！三百年前，有個最出名的鑄劍名匠，人稱三點，這便是他親手打製的最末一把劍，也是最好的一把劍！」

「傳說三點曾經鍛造過八次，可惜每次都失敗了。」狄公說道，「他許下一願，如果製成的話，就將自己年輕的愛妻獻祭給河神。第九次他終於打成了，隨即便用此劍在河邊砍下妻子的頭顱。突然間狂風大作，暴雨傾盆，三點被雷劈死，夫妻二人的屍身也被巨浪捲走。此劍在我狄家代代相傳，至今已有二百年之久，向來傳給家中長子。」

喬泰拉起項巾，遮住口鼻，免得自己吐息間弄髒了寶劍，然後方從鞘中抽出雨龍劍，虔敬地雙手捧起，細細賞鑑。只見劍身發出青綠色的寒光，薄薄的利刃上不見一絲裂痕。喬泰目光灼灼，眼中閃過一星神祕的火花，「如果我命中注定死於刀劍之下，但願會血灑此劍！」說罷深深一揖，將寶劍還與狄公。

此時雨勢漸弱，已轉為毛毛細雨。四人再度上馬，順著山坡一路馳下，行至地勢平坦處，只見路邊豎著一根石柱，正是蓬萊縣界的標誌。狄公眺望遠方，只覺賞心悅目，這片霧氣迷濛的泥濘平原，就要成為自己的治下之地了。

眾人縱馬前行，直到午後多時，方才看見蓬萊城牆從濃霧中隱隱現出輪廓。

第三回
主簿細述命案始末　縣令夜探空宅驚魂

狄公一行人走到西門前。喬泰凝神打量，只見一座樣式簡樸的二層門樓，城牆低矮。

「我已看過蓬萊地圖，得知此城周圍有幾道天然屏障。」狄公對三人說道，「在距下游大約九里的河口處，建有一座規模很大的要塞，裡面駐有重兵，負責檢查所有往來船隻。幾年前我大唐與高麗國交戰時，曾經攔截過高麗戰船，使其不得駛入河流。此河北岸是懸崖峭壁，南岸則只有一片沼澤溼地。蓬萊做為附近唯一的良港，便成了與高麗和日本通商的中心。」

「在京城時，我曾聽人講過，」洪亮說道，「有很多高麗人定居在此地，尤其是水手、船工與僧人。他們住在城東溪流對岸的高麗坊中，附近還有一座有名的古寺。」

「如今你可去找高麗女人碰碰運氣！」喬泰對馬榮說道，「然後再去那廟裡花上幾個小錢，便可贖清罪孽了！」

兩名全副武裝的守卒打開城門，四人一路進去，穿過熱鬧的街市，直走到衙院高牆外，又沿牆行至朝南的正門前。

幾名守衛正坐在大銅鑼下的條凳上，一見狄公，連忙跳下地來鄭重行禮，恭候新縣令進門後，卻彼此交換了一個意味深長的眼色，正好被洪亮看在眼裡。

一名衙役引著狄公等人穿過前院，走入對面的公廨內。只見四名衙吏正在揮毫疾書，一個留著花白山羊鬍的憔悴老者從旁督管。

老者一見狄公，急忙上前恭迎，結結巴巴地自稱是唐主簿，目前暫理衙內一應庶務，又焦慮不安地說道：「老爺大駕光臨，小人居然未曾提前接到消息，還請恕罪。如今不但連洗塵宴都還不曾預備，而且──」

「我原以為路過省界時，軍營已經派出信使先行來過了，」狄公插言道，「定是在哪裡出了差錯。既然我已到此地，不妨領我看看縣衙內外。」

唐主簿先引著眾人走入縣衙大堂。堂內軒敞闊大，青磚鋪地，打掃得十分乾淨，後方平臺上擺著高高的案桌，桌面上鋪著光亮耀眼的大紅織錦，案桌後掛著一幅褪了色的絳紫帷幕，幾乎占去整個牆面，帷幕中央用金線繡有碩大的獬豸圖樣，正是明察秋毫的象徵。

一行人穿過帷幕後面的門扇，又走過一條窄廊，進入二堂內。這裡亦是十分整潔，光亮的書案上不見一絲塵土，雪白的牆面新近才粉刷過，靠牆擺著一張長榻，上面鋪有華麗的墨綠織錦。狄公匆匆看了一眼隔壁的檔房，出門走到二進庭院內，對面便是前廳。唐主簿連連解釋說自從查案官離開後，前廳就再未用過，裡面的桌椅家什可能擺放得有些凌亂。狄公見他腰背佝僂、舉止畏怯，看似張皇不安，不禁有些好奇，開口嘉勉道：「看來你將衙院各處都打理得井井有序。」

唐主簿躬身一揖，期期艾艾地說道：「回老爺，小人在此處做公已有四十年了，剛進衙門時，還是個跑腿的小童。小人一向喜歡事事有條不紊，多年來真是一切順遂，誰知天有不測風雲——」說到此處聲音漸低，疾步上前推開了前廳大門。

前廳正中有一張雕花精美的高桌。眾人走到桌前，唐主簿將一方縣衙大印恭敬地呈給狄公。狄公伸手接過，將其與簿冊上的印記對照了一下，方才簽收，從此刻起，算是正式主管了蓬萊全縣。

狄公手捋長髯，說道：「在辦理例行庶務之前，理應先勘查王縣令被害一案。日後我自會召見本地名流士紳，一切依禮行事。今天除了見過一眾衙員外，我還想與城中的四位里長會面。」

「啟稟老爺，還有一位，」唐主簿說道，「即高麗坊的里長。」

「他可是我大唐人氏？」狄公問道。

「不是，老爺。」唐主簿答道，「但他講得一口流利的漢話。」說罷掩口咳嗽幾下，又怯聲稟道：「還有一事，恐怕老爺聽了，會覺得有些出奇。刺史大人曾經准許過東岸的高麗坊自理其務，由里長負責維持秩序，唯有他請求協助時，我們這方的人員才可進入該地。」

「此事確實出奇。」狄公低語道，「這幾日裡我自會詳查一番。好，現在你去召集所有衙員在大堂內匯合，我想去內宅中看看，再稍事休息一二。」

唐主簿面露尷尬之色，猶豫半晌，方才說道：「內宅倒是修葺一新，去年夏天，王縣令剛將各處齊齊粉刷了一遍。只是他的家什箱籠等物仍然放在裡面，都已捆紮起來。王縣令只有一個遺屬，便是他的兄弟，但至今尚無消息，小人也不知該將這些東西送往何處。王縣令鰥居多年，無有家眷，只僱了幾個本地人作僕傭，自從他……不幸身亡後，眾僕也已悉數散去。」

「如此說來，查案官駕臨時，又下榻何處？」狄公驚異地問道。

「回老爺，那位大人就睡在二堂的長榻上，」唐主簿鬱鬱答道，「衙吏們將一日三餐也送到那裡去。凡此種種皆是大悖常規，小人也甚感無奈。我給王縣令的胞弟去信後，誰知全無消息，讓我……雖說實在不該如此，不過——」

「這倒無妨。」狄公迅速說道，「此案了結之前，我並不打算派人去接家眷來。我可去二堂內更衣，你且帶我的幾名隨從前去各自的衙舍中。」

「回老爺，就在縣衙對面，有家上好的客棧，」唐主簿急急說道，「小人與賤內正住在裡面，想來老爺的隨從也會——」

「這又是大悖常規了，」狄公冷冷說道，「你為何不住在衙舍中？你已在衙門裡行走多年，總該懂得這些規矩！」

「回老爺，小人以前確實住在前廳後面的房舍裡，」唐主簿連忙解釋道，「皆因屋頂需要修補，於是才在外頭暫住幾日，想來也是情有可原——」

「且罷！」狄公說道，「但我仍想讓我的三名隨從住在衙內，你可將他們安置在三班房中。」

唐主簿深深一揖，與馬榮喬泰一齊退下。洪亮跟著狄公走入二堂，服侍老爺換上官服，又沏了一杯熱茶。狄公一邊用熱手巾揩擦臉面，一邊問道：「洪亮，你說那老主簿為何會是如此情形？」

「他看似太過謹小慎微，」洪亮答道，「據我猜想，八成是老爺意外駕臨，攪得他心神大亂。」

「我倒是覺得，他更像是對縣衙中的什麼東西怕得要命，」狄公沉思道，「因此才搬去客棧暫住一時。罷了，我們以後自會知曉！」

這時唐主簿走來，稟報曰所有人員都已齊集大堂。狄公取下頭上的家常便帽，換上烏紗官帽，直朝大堂走去，洪唐二人一路跟隨。

狄公在案桌後坐定，示意馬榮喬泰立在座椅背後，先說了幾句客套開場白，然後由唐主簿將跪在地上的四十人逐一介紹了一遍。只見眾衙吏皆是一身整潔的藍布袍，守衛與衙役穿戴的皮褂鐵盔亦是油光鋥亮，看去十分端正體面。只是那衙役班頭面相兇惡，令狄公心中嫌惡，轉念一想，這些班頭常是由潑皮無賴充當，亦須時刻有人督管才是。仵作是個姓沈的大夫，看去年高德劭、頗富學識。唐主簿對狄公低聲道是此人不但醫術高明，而且人品甚佳。

見過眾人後，狄公任命洪亮為縣衙都頭，統管一應例行公務，馬榮喬泰督管衙役與守衛，負責演習操練，並主管班房與大牢。

狄公回到二堂，命馬榮喬泰去班房與牢房中查看一番，又道：「看過之後，你二人與衙役守衛們都過上幾招，藉機也可對他們有所了解，看看各人有何長處，然後再去城裡四處走走，瞧一瞧是何情形。我本想與你們同去，奈何今晚非得細論王縣令一案，因此不能成行。你們晚間回來後，再向我匯報一二。」

馬榮喬泰離去後，唐主簿復又走入，身後還跟著一名手擎燭臺的衙吏。狄公命唐主簿與洪亮同坐在書案對面的條凳上。衙吏將燭臺放在桌上，然後悄然退下。

「適才我看見花名冊上，」狄公對唐主簿說道，「有個名叫范仲的書辦未到，他可是生病了？」

唐主簿輕拍一下前額，張皇不安地說道：「回老爺，小人本應主動報上此事。我很是替他擔憂。本月初一，范仲去了州府[2]度年假，按理說昨日上午便應返回。小人見他沒來，便打發了一個衙役跑去城西，范仲在那裡有個小田莊。結果他家佃農道是范仲與一名僕人昨天到過那裡，午時便已離去。此事著實惱人得很。范仲人才出眾，是個幹練能吏，而且一向勤謹守時。我想不出到底出了何事，他——」

2 古代登州設立於唐初，治所初為牟平，後遷至蓬萊，明清時登州府亦治蓬萊。

「沒準他被老虎吃了。」狄公不耐煩地插話道。

「不不，老爺！」唐主簿驚叫一聲，「不會那樣！」面色忽然變得煞白，燭光下雙目圓睜，顯得十分驚恐。

「老人家何必那麼緊張！」狄公不覺生出三分惱意，「我也明白王縣令突然遇害令你十分心煩意亂，但那已是半月之前的事了，如今你還懼怕什麼不成？」

唐主簿揩揩額上的冷汗，低聲說道：「還請老爺見諒。六七日前，有人在樹林裡發現了一個農夫，渾身是傷，喉嚨都被撕破了。那一帶定是有吃人的野獸出沒。小人最近晚上睡得很不安穩，還望老爺——」

「好吧，」狄公說道，「我那兩個隨從擅長打獵，不日便派他們出去打虎。替我倒杯茶來，然後議論正事。」

唐主簿依命斟上一杯茶水，狄公呷了幾口，靠坐在椅背上，說道：「我想聽你講講，案發時到底是何情形。」

唐主簿揪揪鬍鬚，膽怯地開口敘道：「老爺的前任王縣令飽讀詩書，氣度不凡，端的是個謙謙君子，或許有時略微懶散一些，且對細瑣之事頗為不耐，但處理要務從來都十分得當，沒有半點疏漏。他年近半百，閱歷豐富，且又十分幹練。」

「他在此地可有仇家？」狄公問道。

「一個也沒有，老爺！」唐主簿說道，「他斷案向來機智公正，令百姓十分敬愛，敢說他在全縣都受到擁戴，深得民心。」

狄公聞言點頭，唐主簿接著敘道：「半月之前，早衙即將開堂時，王縣令的管家前來公廨，對我道是臥房裡不見老爺的人影，書齋也從裡面上了鎖。我知道王縣令經常在書齋裡讀書直至深夜，想來或是趴在書堆裡睡過去了，於是前去叩門，叩了半日，裡面全無響動。我怕他或許是中風發作，忙叫來班頭破門而入。」

唐主簿喉頭一咽，嘴唇抽搐幾下，半晌後才又接著說道：「只見王縣令躺在茶爐前的地上，兩眼無神，直直瞪著天花板，右手伸開，一隻茶杯掉在旁邊的席子上。我上前一摸，渾身已是冰涼僵硬，於是趕緊叫來仵作。仵作查驗過後，推斷說王縣令應是死於午夜前後，然後他從茶壺裡取了些許茶水，並且——」

「茶壺放在何處？」狄公插話問道。

「回老爺，放在左邊牆角的櫥櫃上。」唐主簿答道，「旁邊就是用來燒水的銅茶爐。茶壺裡幾乎還是滿的。沈大夫將茶水餵與一條狗，那狗立時便死了。他又將茶燒熱，用鼻嗅鑑定出了是何種毒藥。不過茶爐上鍋子裡的水都已燒乾，因此無法確定是否有毒。」

「平常是誰送來烹茶的水？」狄公問道。

「正是王縣令自己。」唐主簿應聲答道，見狄公揚起兩道濃眉，忙又解釋道：「回老爺，王縣令對烹茶之道十分熱衷，對種種細處很是精心在意。他一向執意親自從花園的井裡打水，然後親自在書齋內的茶爐上煮滾燒開。他的茶壺、茶杯和茶罐都是名貴的古董，平日鎖在茶爐下面的櫥櫃裡。仵作依我所言，也查驗過罐子裡的茶葉，卻都是好好的。」

「那你後來又如何行事？」狄公問道。

「小人立即派一特使趕去州府，上報刺史大人，將屍身暫時收厝起來，停放在內宅大廳裡，然後封起書齋。第三天，大理寺的查案官便從京城駕臨，先命軍塞統領撥出六名兵士來，做為機密行員供他差遣，然後開始清查，逐個審問了所有僕從，還——」

「這些我已知道。」狄公不耐煩地說道，「我看過他的呈文，顯然沒人能在那茶水裡做下手腳，並且王縣令進入書齋歇息後，也無人再進去過。查案官究竟是幾時離開此地的？」

「第四天的早上，」唐主簿慢慢說道，「查案官將我召去，吩咐將棺木移至東門外的白雲寺內，等待死者的胞弟定下安葬地點再說，然後將眾兵士遣回軍營，告知我說他即將攜了王縣令的所有私人文書回京去。」說罷神色頗顯不安，焦慮地望了狄公一眼，「至於他為何突然離去，想來已對老爺講過其中緣由？」

「據他說來，」狄公隨口搪塞道，「案子查到如此地步，應由新任縣令繼續辦理更為合宜。」

唐主簿看似鬆了一口氣，又問道：「那位大人是否貴體康健？」

「他另有要務，已去往南方。」狄公說著站起身來，「此刻我要去書齋裡瞧瞧。我走之後，你可與洪都頭一起商議明日早衙需要處理的公事。」說罷擎起一支蠟燭，走出門去。

穿過前廳後面的小花園，便是內宅大門，此時正半開半閉。雲過雨歇，霧氣仍瀰漫在綠樹與花床之間。狄公推開門扇，走入空蕩蕩的宅內。

狄公先前已看過附在呈文中的縣衙全圖，得知書齋就在穿廊盡頭，於是先要設法尋到穿廊，倒是沒費吹灰之力。順著穿廊行走時，卻見左右兩旁各有一條過道，只是燭光微弱，看不清究竟通往何處。狄公忽然止住腳步，燭光中赫然出現一個瘦高男子，看似迎面走來，幾乎不曾撞個滿懷。

那人靜立在地，直直盯著狄公，一雙眸子古怪而空洞，相貌倒甚是端正，只可惜左頰上生了一塊銅錢大小的胎記，不免有些破相，灰白的頭髮梳成頂髻，未戴冠帽。狄公看在眼裡，不禁十分驚異，又依稀瞧見對方身穿一件家常灰袍，腰繫黑絛，正欲開口相詢時，那人卻無聲無息地朝黑暗中退去。

狄公急忙舉起蠟燭，不想動作太猛，致使燭火熄滅，於是陷入一團漆黑之中。

「你是何人？給我過來！」狄公大聲叫道，卻只有回音做為應答，又靜待片刻，空宅內唯有一片死寂。

「豈有此理！」狄公低聲怒道，一路摸著院牆回到花園中，又快步走入二堂。

唐主簿正拿著一大沓文書，指給洪亮細看。

「有一事我想傳話下去，務必使得人人記住，」狄公對唐主簿怒道，「嚴禁任何人在衙內走動時衣冠不整，即便是晚間或公事結束後也不得如此。方才我撞見了一個身穿便服之人，頭上居然不戴帽子！我朝他問話，他也是不答一言，實在無禮至極！去把那人叫來，我非得狠狠訓斥他一頓不可！」

唐主簿聽罷，渾身不住顫抖，兩眼緊盯著狄公，露出驚駭又卑屈的神色。狄公見此情狀，忽覺心中不忍，畢竟此老已是盡心盡力了，於是口氣稍稍和緩說道：「罷了，如此疏忽在所難免。那人究竟是誰？或許是個更夫？」

唐主簿驚恐地望著狄公身後洞開的房門，結結巴巴地勉強說道：「他……他可是穿著一件灰袍？」

「不錯。」

「左頰上有一塊胎記？」

「正是。」狄公答道，「休得如此驚惶！快說，那人到底是誰？」

唐主簿垂下頭去，有氣無力地答道：「回老爺，就是死去的王縣令。」

忽聽庭院內「哐啷」一聲巨響，不知何處有一扇門砰然關閉。

第四回
書齋內證物剩無幾　茶爐中玄機未分明

「這是哪裡的門戶亂響？」狄公怒喝道。

「回老爺，想來應是內宅大門，」唐主簿支吾答道，「沒法完全關緊。」

「明天便教人來修理一番！」狄公銜口命道。他在原地默立良久，面色鐵青，一邊輕捻頰鬚，一邊回想著那鬼魂古怪而空洞的凝視，以及如何無聲無息地驀然消失。

狄公走回桌旁坐下。洪亮一言不發盯著老爺，面露驚懼，兩眼瞪得老大。

狄公心神略定，見唐主簿仍面如死灰，審視半晌過後發問道：「你也曾親眼見過那鬼魂？」

唐主簿點頭答道：「回老爺，三天之前，就在這二堂中。晚上我來取一份文書，看見他就背對著我，站在書案旁。」

「後來怎樣？」狄公屏息問道。

「我大叫一聲，失手將蠟燭掉在地上，趕緊跑出去叫守衛。等我們趕回來時，屋裡已是空空如也。」唐主簿抬手遮住兩眼，又道：「他看去和出事那天一模一樣，身穿家常灰袍，腰繫黑縧，帽子掉在旁邊，人倒在地上，已是……一命歸陰了。」

唐主簿見狄公與洪亮不發一語，便又說道：「回老爺，小人敢說查案官一定也見過那鬼魂！正是因此，臨走那天早上，他看去氣色很差，並且走得十分匆忙。」

狄公揪一揪長髯，半晌過後，肅然說道：「斷然否認鬼神等物的存在，定非明智之舉。孔夫子當年授徒時，有人問起鬼物，他的態度便十分含糊不明，這一點必須銘記在心。不過，我仍想找到合乎情理的解釋。」

洪亮緩緩搖頭，說道：「老爺，此事再無他解，只可能是王縣令身死後，由於凶手尚未伏法而不肯安息。他的屍身正停放在佛寺內，據說只要還未曾十分腐爛，便很容易向周圍的生人顯形。」

狄公霍然起身，說道：「我定會認真考慮此事。但是如今我要再去一趟內宅，進書齋查看一番。」

「沒準老爺又會撞上鬼怪，萬萬不能冒此風險！」洪亮駭然叫道。

「為何不能？」狄公反問道，「死者的目的是要報仇雪恨，他定會知道我亦有此願，又何必要加害於我呢？洪都頭，等你辦完這邊的事務，可到書齋裡來會我，如果願意，還可帶上兩名守衛，再提著燈籠同來。」說罷不顧洪唐二人的勸阻，出門離開二堂。

狄公先去公廨內取了一盞油紙大燈籠，重又返回無人的內宅中，走入鬼魂消失的那條過道。過道兩邊各有門戶，狄公推開右手邊的一扇，只見屋內十分寬敞，地上胡亂堆放著捆紮好的包裹箱籠。狄公將燈籠放在地上，到處摩挲查看了一番，忽見牆角處有個奇形怪狀的黑影，不覺猛吃一驚，隨即想到這不過是自己的影子罷了。屋內除了王縣令的私人物品之外，再無其他。

狄公搖一搖頭，又走到對面的房舍中，發現除了幾件用草席裹起的家具外，亦是空空如也。

過道盡頭有一扇大門，上鎖加門關得緊緊。狄公看罷後折回穿廊，心中思前想後。穿廊走到盡頭，便是書齋的大門，門板上刻有精美的雲龍紋樣，可惜被衙役破門而入時撞壞了一片，草草釘了幾塊木條，看去頗損美觀。

狄公撕下蓋有縣衙大印的封條，推開門扇，高高舉起燈籠環視左右。書齋呈四方形，地方並不算大，其中陳設雖然簡單，卻十分雅致。左手邊有一扇高高的窄窗，窗前擺著一口厚重的烏檀木櫥櫃，櫃上放著一隻碩大的銅茶爐，茶爐上架著一隻燒水用的鑞製圓形平底鍋，茶爐旁還有一隻小巧精緻的青花瓷壺。其餘牆面皆被書架遮住，對面亦是整整一排書架。後牆上有一扇位置較低的闊窗，窗紙十分潔淨。窗前擺著一張古舊的紫檀木書案，兩端各有三個抽斗，還有一把舒適的紫檀木扶手椅，上面設有紅緞軟墊。書案上只有兩支燭臺，別無他物。

狄公走入房中，細看櫥櫃與書案之間的葦席，上面果然有些深色汙跡，想來定是王縣令中毒倒地後，茶水從杯中濺出而留下的印記。他多半是先將水置於茶爐上，然後坐在書案旁，聽見水已煮滾，便走到爐前倒水入壺，給自己斟滿一杯，站在地上只呷了一口，藥性便立即發作了。

櫥櫃上拴著一把樣式精美的掛鎖，鎖孔裡插有鑰匙。狄公上前打開櫃門，只見裡面分為上下兩層，擺著精美的上等茶具，不由心中讚嘆。櫃內不見一絲塵土，足見查案官及其隨從當日已徹底清查過。

狄公又走到書案前，見抽斗皆是空的，心想查案官必是在此處發現了那些私信，不禁長嘆一聲。自己沒能在案發後立即前來查看，實為一大憾事。

狄公轉到書架前，信手在書冊上一抹，發現積了厚厚一層塵土，不由滿意地笑笑，顯然這裡未被動過，很值得勘查一番，又見架上堆得滿滿，於是打算等洪亮來了再一道細看。

狄公將座椅就地一轉，面朝大門坐下，兩手籠在袖中，心中尋思凶手會是何等人物。殺害朝廷命官是謀反叛國的重罪，依律將被處以極刑，比如凌遲或俱五刑，凶手甘冒如此風險，必是有著非同小可的理由。他又如何能在茶中投毒？既然仵作已經查驗過未用的茶葉，證明皆是無毒，所以只能是鍋中的茶水有異。或許凶手曾送給王縣令一小包有毒的茶葉，僅供衝泡一次之用，這是狄公所能想到的唯一解釋。

想起方才撞見的遊魂，狄公又嘆息一聲。這還是生平頭一次親眼看見鬼魅之物，至今仍是難以置信。雖說可能有人惡作劇，但是查案官和唐主簿也都見過，再說誰又敢冒險在縣衙裡裝神弄鬼呢？並且所為何來？想來想去，大概真是王縣令的鬼魂顯靈了。狄公頭枕椅背，闔上兩眼，腦中盡力回想，從那鬼魂的面上，是否透露出什麼有助於辦案的提示呢？

狄公驀地睜開雙眼，只見書齋內仍是一片空寂，又靜坐半晌，目光掃過朱漆屋頂和粗重的橫梁時，留意到茶爐上方有一塊地方漆皮變色，櫥櫃旁邊的牆角處也掛著幾片蒙塵的蛛網。對於室內整潔，王縣令顯然沒有唐主簿那般苛求。

這時洪亮走入，身後跟著兩名手擎燭臺的守衛。狄公命他們將燭臺放在案上，然後退下。

「洪亮，這裡唯一留給我們可供查驗的東西，就是架上的書冊。」狄公說道，「雖然數目不少，但是你若替我一摞摞搬來，待我看罷再拿走的話，也用不了太多工夫。」

洪亮欣然點頭，從最近的書架上取下一疊書來，又用袍袖拂去書上的塵土。狄公將座椅轉回，面對書案坐下，埋頭翻看起來。

過了一個多時辰，狄公查完了所有書冊，靠著椅背抽出袖中的摺扇，用力扇了幾下，滿意地笑道：「洪亮，對於王縣令其人，我已心中有數。我剛才看過了他自撰的詩集，雖然風格細膩精緻，內容卻空洞無物，絕大多數都是題獻給青樓女子的情詩，或是京城裡的名妓，或是他從前歷任縣令時在當地遇到的煙花粉頭。」

「回老爺，唐主簿方才隱約提到，王縣令有時未免德行不謹，」洪亮說道，「甚至時常邀請妓女入宅，還在此處留宿過夜哩。」

狄公點頭說道：「你方才遞給我的那個錦匣，裡面裝的全是春宮圖。架上有些關於各地釀酒法與烹飪術的書籍。有一整套精心收藏的前朝名家詩集，邊角捲摺，幾乎每頁都寫著評註，佛教與道教經書也是同樣翻得稀爛，不過全部儒家典籍卻都是簇新的！此

入書齋狄公尋蹤跡

外還有關於術學工藝的書冊，醫學與煉丹術的寶典，甚至還有記述謎語和機巧的古書，實屬罕見。至於治國方略、政事管理，或者史書、算學，卻是未見一冊。」

狄公將座椅一轉，又道：「據我推斷，王縣令喜好詩文，頗有愛美之心，也樂於鑽研各種神祕莫測之物，同時又耽於享樂，對於醇酒婦人之類的俗世歡娛不能忘情——此類人物倒也並不少見。他不求仕進，樂得遠離京城，在偏遠地方做個逍遙自在的小小縣令，正是因此，他從不希求升遷，蓬萊已是他身為縣令的第九處任所了！但他生性聰敏好學，否則不會喜愛謎語和機巧之術，且又為官多年、閱歷豐富，儘管並未十分致力於公務，但仍是頗得民心。他不願有家室之累，當正室與二房夫人亡故後，從此未再續娶，而是滿足於和名妓倡女們結下的露水情緣。他為自己書齋的題名，恰是對自家性情的絕妙總結。」說罷用扇子朝門上一指。

洪亮一望之下，忍俊不禁。只見門上懸著一塊匾額，上書「飛蓬齋」三個大字。

「不過，我卻發現了一樣極其格格不入的東西。」狄公說著，輕拍一下挑出的一本簿冊，「洪亮，你是在哪裡找到的？」

「就在書架下層的卷冊背後。」洪亮伸手一指。

「在這本簿冊中，」狄公說道，「王縣令親手記下了一長串數字和日期，還有幾頁複雜精細的計算，卻並無一句說明。我看他絕非樂於計數之人，如有此類事務，想是統統留給唐主簿和其他書辦去料理，可是如此？」

洪亮連連點頭，答道：「剛剛聽唐主簿說過，正是如此。」

狄公翻翻簿冊，搖頭沉思道：「王縣令在此花了許多時間和精力，就連細小的錯誤也都一一仔細訂正過了。唯一的線索就是日期，最早在兩月之前。」

狄公站起身來，將簿冊納入袖中，「等我得閒時，無論如何要好好研究一番，雖然並不一定就與王縣令被害有關，但是反常之舉總是值得格外注意。我們總算對死者有了不少了解，恰如刑偵典籍上所說，這正是追查凶手的第一步！」

第五回

巧遇故舊盛情款待　夜行河邊異象忽生

再說馬榮喬泰。二人離開縣衙後，馬榮說道：「你我先去找個地方填飽肚皮。操練這起懶漢，累得我飢腸轆轆！」

「而且還口乾舌燥！」喬泰附和道。

二人行至縣衙西南角處，看見頭一家小飯鋪，便徑直走入。這飯鋪的名頭倒是頗為響亮，叫作「九華莊」，裡面人聲鼎沸，甚是熱鬧，二人好不容易才在後面的櫃檯邊找到一張空桌。一個獨臂人正站在檯內，翻攪著一大鍋麵條。

馬榮喬泰朝四下一望，只見座中食客多是小商小販，抓緊吃完後急著回去招呼晚間的顧客，狼吞虎嚥地嚼著麵條，唯有彼此傳遞酒壺時才略停一下。

一個送麵的夥計手舉托盤匆忙經過，喬泰一把拽住他的衣袖，說道：「來四碗麵！

再來兩大壺酒！」

「過後再說！」夥計喝道，「沒見我正忙著哩！」

喬泰連聲咒罵，罵得十分新鮮出奇。獨臂人聞聽此言，抬頭仔細打量幾眼，放下長柄竹杓走到近前，汗津津的臉上綻出笑容，大聲說道：「想當年只聽過一個人會這麼罵人！什麼風把長官吹到這裡來了？」

「別提什麼長官。」喬泰狠狠說道，「北征時我遇上麻煩，從此便棄了軍職，又改名換姓[3]，如今自稱喬泰。能不能給我們弄點吃的來？」

「稍等片刻，長官。」那人興沖沖答應一聲，一頭扎進廚房，旋即便又轉回，後面跟著一個手舉托盤的胖婦人，盤內有兩大壺酒，還有滿滿一碟鹹魚菜蔬。

「這還不錯！」喬泰滿意地說道，「當兵的，你也坐下，先讓你那婆娘做活去！」

獨臂掌櫃拉過一條板凳坐下，換了老闆娘站在櫃檯後面。馬榮喬泰一邊吃喝，一邊聽掌櫃自述家事。他原在蓬萊土生土長，後來加入了遠征高麗的軍隊，從軍中被遣散後，便用所有積蓄買下了這家飯館，生意做得頗為不壞，說罷盯著二人身上的褐袍，低聲問道：「你們為何要在縣衙中當差？」

「與你煮麵是一個道理，」喬泰答道，「不過為了糊口而已。」

掌櫃左右顧視一下，又悄聲說道：「縣衙裡正有怪事發生！半月前縣令被人掐死，屍身也被砍成碎塊，莫非你們不曾聽說過？」

「我聽說他是被毒死的！」馬榮說罷，舉杯一飲而盡。

「那是他們的說法！」掌櫃說道，「縣令喪命後，只留下了一堆碎屍！聽我一句，那裡的人都不是什麼好東西。」

「如今的縣令可是個大好人。」喬泰說道。

「我不知道他到底怎樣，」掌櫃固執地說道，「不過那姓唐的和姓范的，都不是什麼好東西。」

「那步履蹣跚的老頭有什麼不對的地方？」喬泰問道，「我看他連蒼蠅都不捨得拍死哩。」

「少理他那一套！」掌櫃陰沉說道，「他不但……異於常人，而且還有些很不對頭的地方。」

「什麼地方不對頭？」馬榮問道。

3 在一九五九年英文初版中，此處有一原註：「見《迷宮案》第二十一回。」喬泰在該章節中向狄公講述了自己的過去。

「實話告訴你們，此地表面上看起來平安無事，實則並非如此。」掌櫃說道，「我是個本地人，當然深知底裡！從古時候起，這裡就總出些怪人，以前聽老爹講過不少——」說著聲音漸低，連連搖頭，將喬泰推過來的一杯酒一口喝乾。

馬榮聳聳肩膀，說道：「我們自會查明真相，其中也不無樂趣。至於你說的姓范的傢伙，我們怕是得為他勞神一二。剛才聽守衛道是此人似乎失蹤不見了。」

「但願他從此不見了才好！」掌櫃憤憤說道，「那惡棍向來不拘什麼人都要敲詐一通，比衙役班頭還要貪心。更有甚者，他還從不放過女人。那廝生得倒是相貌堂堂，心地卻有夠歹毒，天知道到底做過多少壞事！他和老唐關係很近，老唐總是千方百計地護著他。」

「且罷，老范的好日子算是到此為止，」喬泰插話說道，「從今往後，他得在我二人手下做事。他一定收過不少賄賂，聽說在城西還有個小田莊。」

「那是去年一個遠親死後留給他的。」掌櫃說道，「田莊倒是稀鬆平常，地方不大，且又偏僻，靠近荒廢的破廟。對了，如果他就是在那裡失蹤的話，定是被他們給降住了。」

「你就不能說得明白點兒？」馬榮不耐煩地叫道，「『他們』是誰？」

掌櫃衝一名夥計吆喝一聲，等那人送上兩大碗麵條後，才又輕聲說道：「老范田莊的西邊，就在鄉間小路和官道的交口處，建有一座古廟。九年前，曾有四個和尚住在廟裡，都是城東門外白雲寺的人。一天早上，有人發現這四個和尚齊齊死去，喉嚨全被切開了！後來再沒人住，那廟便荒廢至今，但那四人的鬼魂仍在裡面遊蕩，曾有農夫看見夜裡有燈火閃爍，人人都對那地方避之唯恐不及。就在幾天前，我一個表兄晚上走過時，分明看見了一個沒頭的和尚，在月亮底下走來走去，腦袋正夾在胳膊底下哩。」

「老天！」喬泰叫道，「別講這些嚇人的事了！聽得我汗毛直豎，如何吃得下去！」

馬榮哈哈大笑。二人開始大吃麵條，吃罷最後一根，喬泰起身在袖中摸索，掌櫃卻按住他的胳膊，說道：「長官千萬不要這樣！這小店裡裡外外全是你的。當初多虧了你，不然那些高麗騎兵早就——」

「好吧！」喬泰斷然說道，「多謝你一番好意，但是要想我們再來的話，下次定得讓我們付你現錢不可！」說罷不顧掌櫃一力反對，拍拍他的肩頭，與馬榮出門而去。

二人走到街中，喬泰對馬榮說道：「兄弟，你我已是酒足飯飽，總得做些公事！且去城裡瞧瞧如何？」

馬榮看著四周的濃霧，搔搔頭皮答道：「想來這得全憑跑腿了！」

沿街的店鋪門前亮著燈籠，儘管霧氣濃重，街中仍是熙熙攘攘。二人一路走去，隨意看看本地出產的貨物，偶爾上前問問價錢，不覺行至關帝廟前，便走進門去，買了幾炷佛香點燃供上，以告慰陣亡將士們的在天之靈。

二人朝南而行時，馬榮開口問道：「我大唐軍隊為何總要在邊境上與胡人開戰？為何不能讓那些蠻夷自生自滅去？」

「兄弟你對政事真是一竅不通，」喬泰傲然答道，「我們理應助他們脫離蒙昧，並接受我朝教化！」

「說來那些突厥人倒也明些事理。」馬榮說道，「他們並不強求自族女子出嫁時必須是處子之身，你可知道是何緣故？那是因為他們明白突厥女子從小常常騎馬！不過千萬別讓我們漢人姑娘知道這些事！」

「休得囉唣！」喬泰怒道，「我們已經迷路了！」

二人駐足張望，周圍似是一片宅院，石板鋪出的路面十分平整，兩邊隱約可見高高的院牆，濃霧隔絕了所有聲響，周遭一片寂靜。

「前面是不是有座橋？」馬榮說道，「那一定是橫穿城南的運河了。要是順著河岸朝東走，遲早能走回街市中去。」

二人穿橋而過，沿著水邊朝前走去。

突然，馬榮拽住喬泰的胳膊，抬手指向對岸。濃霧中一片迷濛。喬泰定睛細看，只見幾個人肩扛一乘小敞轎，正在月光下行走，隱約看見一個光頭男子盤腿坐在轎中，兩臂交叉抱在胸前，似是裹著一身白衣。

「那怪人是誰？」喬泰驚問道。

「天知道。」馬榮低聲咕噥道，「你瞧，他們停下來了。」

這時一陣清風吹來，霧氣稍稍散開，二人看見那伙人將小轎放下，站在後面的兩名大漢忽然手舉大棒，朝轎中人的頭上肩上砸去。霧氣又變得濃重，只聽見「嘩啦」一聲水響。

馬榮罵一聲娘，對喬泰叫道：「快過橋去！」

二人轉身順著河岸飛跑，但是地面溼滑，且又看不分明，花了不少工夫才回到橋邊，急匆匆穿橋而過，奔到對岸後，放慢腳步小心向前，周圍卻是一片寂靜。二人在出事的地方左右逡巡時，馬榮忽然蹲身下去，用手摩挲著地面，說道：「這裡有些印子很深，那倒楣鬼一定就是在此處被推下河去的。」

濃霧略略消散，只見前方數尺開外有一攤泥水。馬榮脫下身上的衣物交與喬泰，又踢掉兩隻皮靴，蹚入河中，水深剛及小腹。

「好一股臭氣！」馬榮怒道，「不過沒見有什麼屍體。」又在水中摸索半晌才走回岸上，腳底沾了厚厚一層淤積在河底的汙泥，嫌惡地說道：「不中用，我們一定是弄錯了地方。這裡除了幾塊泥巴和廢紙之外，再無其他，真是糟糕透頂！拉我上去吧。」

就在此時，天上落起雨點來。

「早不下晚不下，偏偏這個時候下！」喬泰咒罵一聲，轉頭看見一家宅院後門的門廊，黑洞洞冷清清的，急忙抱著馬榮的衣物皮靴跑去暫避。馬榮站在雨地裡，等渾身上下都被雨水沖乾淨了，才走到門廊下，用項巾擦乾全身。等到雨停之後，二人重又朝東走去，霧氣漸漸稀薄，可以看見左手邊是一排高大院牆。

「我們辦事不力，兄弟。」喬泰頗為失悔，「有經驗的官差定能逮住那伙歹人。」

「再有經驗的官差也不能飛過河去吧！」馬榮悻悻說道，「那個白衣人看去實在古怪。剛剛聽你那獨臂朋友講了幾個好故事，誰知轉臉就遇上了。不如我們去找個地方喝上一杯。」

二人一路走去，終於看見一盞彩燈在霧中閃爍，卻是一家大飯館的側門，於是繞到正門前進去。樓下的前廳富麗堂皇，一名夥計見二人渾身溼漉，不禁懷疑地上下打量幾眼，馬榮喬泰報以怒視，隨後順階而上，推開雕花精美的門扇，眼前一間闊大的廳堂，裡面人聲鼎沸。

第六回
醉相公吟詩對明月　新官差遇妓在花船

馬榮喬泰朝四下打量，見座中賓客盡是衣履鮮潔、儀態莊重，心知此處必定花銷甚鉅，想是負擔不起。

「我們不如另找個去處。」馬榮低聲咕噥一句，轉身欲走。

賓客中有個瘦削男子，正獨坐在門邊的一張桌旁，此時起身啞聲說道：「二位朋友，過來與我同坐一刻如何？獨自一人喝悶酒，總是令我心中不快。」

只見那人兩眼潮溼，一對眉毛高高弓起，似乎總是面帶疑色；身著一件昂貴的深藍絲袍，頭戴一頂黑絲絨帽，衣服領口處卻有幾片汙跡，幾綹亂髮從帽檐下滑脫出來，臉面看去略顯浮腫，鼻尖通紅。

「既然他主動開口相邀，我們不妨與他稍坐片刻。」喬泰說道，「我可不想被樓下那小子以為是被人踢出去的！」

於是二人在對面坐下，那男子立時又要了兩大壺酒。

「敢問這位相公作何營生？」馬榮待夥計走後，開口問道。

「在下名叫白凱，乃是船業主易本的管事。」瘦削男子說罷，舉杯一飲而盡，又得意地說道：「不過，我還是個頗有名氣的詩人哩。」

「你既然出了酒錢，我們也就不計較這許多了。」馬榮慨然答道，仰頭舉起酒壺，將半壺酒水慢慢倒入口中，喬泰也依樣而行。

白凱饒有興致地從旁觀望半日，大聲讚道：「好生俐落！此店品級甚高，按理說須得用杯子飲酒，不過二位的喝法卻是簡單別緻。」

「只有在想放開肚皮大喝一回時，我倆才會如此。」馬榮揩揩嘴角，滿意地說道。

白凱自行斟滿一杯，又道：「講些趣事給我聽聽！你們在道上討生活的人，一定經過不少風浪。」

「在道上討生活？」馬榮憤憤叫道，「你這廝說話最好小心點，我二人是在縣衙裡做公的！」

白凱眉頭一揚，雙眉看去越發高聳，對夥計叫道：「再來一壺酒，要最大的！」接著又道：「罷罷，聽說新任縣令今日剛剛駕臨，二位定是他的親隨幹辦了，不過想必還當差不久，只因還沒顯出小官差們那副洋洋自得的神氣來。」

「你可認得以前的縣令？」喬泰問道，「聽說他也會做幾首詩。」

「卻是不曾。」白凱答道，「我剛到此地不久。」忽然放下酒杯，欣然說道：「這最後一句總算有了！」又莊容望向馬榮喬泰：「我已想出了一首詠月的好詩，念給二位聽聽如何？」

「免了免了！」馬榮駭然叫道。

「要不就吟誦一番？」白凱仍不死心，「我有一副好嗓子，在座的其他賓客聽了，也會大為讚賞哩。」

「罷了罷了！」馬榮喬泰一齊叫道。喬泰見白凱一臉委屈相，接著又道：「我二人只是從不喜歡這些勞什子詩文。」

「可惜可惜！」白凱說道，「或許你二人一心信佛？」

「這廝是想存心找碴還是怎的？」馬榮對喬泰說道。

「他已是喝醉了。」喬泰滿不在意地答道，又對白凱說道：「別跟我說你就信佛。」

「我正是虔心向佛之人，」白凱愣愣答道，「還常去白雲寺走動，廟中住持真是一位高僧，首座慧本講經也十分精采。有一天——」
「你且聽著，」喬泰插話說道，「我們能不能再喝一杯？」
白凱朝喬泰投去責怪的一瞥，起身長嘆一聲，無奈地說道：「那咱們就出去喝一壺花酒吧。」
「如今你又會說人話了！」馬榮興沖沖地嚷道，「你可知道什麼好去處？」
「馬兒焉有不識槽的？」白凱嗤笑一聲，隨即付了酒錢，三人一徑出門。
外頭依然飄著霧氣，白凱引路走到飯館背後，在岸邊抬手打個呼哨，只見一條掛著燈籠的駁船從霧中浮現出來。
白凱上了駁船，對那艄公說道：「搖去大船上。」
「喂喂！」馬榮叫道，「你不是說要找姑娘喝花酒？」
「正是，正是！」白凱欣然答道，「只管上來。」又對艄公囑道：「抄近道過去，這二位相公心急得很哩。」
白凱屈身伏在低矮的船篷內，馬榮喬泰也從旁蹲下。小船在霧中穿行，只聞得木槳擊水的聲音。半晌過後，槳聲忽止，艄公滅了船頭的燈火，小船順勢滑出一段後，終於無聲無息地停在水中。

馬榮伸出大手，按住白凱的肩頭，隨口說道：「要是給我們下套，非得擰斷你的脖子不可。」

「休得胡說八道！」白凱怒道。

只聽鐵鍊「當啷」一聲，小船又朝前行去。

「我們剛從城東的水門下經過，」白凱說道，「有幾處地方的格柵已經鬆散，還請二位勿要告知你家縣令老爺！」

過不多時，一排黑漆漆的大船出現在眾人眼前。

「照例去那第二隻。」白凱對艄公命道。

小船靠上大船的跳板。白凱給了艄公幾文銅板，頭一個登上船舷，馬榮喬泰緊跟其後。甲板上凌亂地擺著幾張桌椅板凳，白凱在其間左轉右轉，直走到艙房外，徑直上前叩門。

一個胖婦人迎出來，身著玄緞長裙，滿臉堆笑，露出一排黑黑的牙齒，開口說道：「白相公大駕光臨，還請下到這邊來。」

三人走下一道陡梯，進入一間寬敞的艙房內。屋梁上懸著兩盞彩燈，發出暗淡的光亮，一張大桌占去了大半地方。三人在桌旁坐下，胖婦人一拍手，出來一個矮胖男子，生得面相粗陋，手裡端著酒壺。

那龜公正倒酒時，白凱對胖婦人問道：「我的同行好友金桑在哪裡？」

「他還沒來。」胖婦人答道，「不過保管白相公不會無聊敗興便是。」說罷使個眼色，龜公隨即打開後門，只見四個衣衫輕飄的姑娘魚貫而入。

白凱大說大笑著迎上前去，一手拉住一個姑娘，口中叫道：「這兩個就歸我了！」又轉臉對馬榮喬泰說道，「不管你們如何想法，我可不能讓自己落了空。」

馬榮見一個姑娘身材豐滿，圓圓的臉上一團喜氣，便示意她過來坐下，喬泰則與那最末一個搭訕。只見這姑娘生得格外俊俏，卻似是心緒不佳，問一聲答一聲，芳名叫作玉素，雖是高麗人，卻說得一口流利的漢話。

「貴國風景很美，」喬泰攬著玉素的纖腰，開口說道，「我曾在那裡打過仗。」

玉素一把推開喬泰，又輕蔑地瞥他一眼。喬泰自悔失言，連忙又道：「妳們高麗人打仗十分勇猛，並且使盡了氣力，不過仍是寡不敵眾。」

玉素聽罷，越發不加理會。

「妳這蹄子，難道不會說笑一二？」胖婦人斥罵道。

「別來煩我。」玉素不緊不慢地說道，「這位客官又沒開口埋怨。」

胖婦人站起身來，抬手意欲掌摑，口中怒罵道：「妳這小淫婦，我來教教妳什麼是禮數！」

喬泰一把將婦人推開，叫道：「把妳的手拿開，別碰她！」

「我們且去甲板上吧！」白凱叫道，「敢說月亮已經出來了！金桑很快也會趕來。」

「我想留在這裡。」玉素對喬泰說道。

「隨妳喜歡。」喬泰說罷，跟隨眾人上了甲板。

一輪明月照耀著沿城牆停泊的一排駁船，暗黑的溪水那邊，隱約可見對面的水岸。

馬榮坐在一條矮凳上，將那個身材豐滿的姑娘摟在膝頭。白凱卻將他的兩個姑娘推給喬泰，說道：「別讓她們掃了興。此刻我心中另有高致。」

只見白凱背著兩手立在船上，抬頭仰望明月，似是心醉神迷，忽然說道：「既然你們一力固請，那我就來吟誦一首新詩。」說罷伸直細瘦的脖頸，發出尖銳悠長的聲音：

放歌起舞，須得此友。
樂時助興，哀時銷憂。
月兮如銀——

白凱吟了幾句，停下稍歇，忽然俯首聆聽片刻，瞥了馬榮喬泰一眼，怒道：「好像聽見有什麼悲苦之聲！」

「我也聽見了！」馬榮嚷道，「老天，別弄出那般難聽的響動來！沒見我正與這姑娘說正經話嗎？」

「我是說從下面傳來的聲音。」白凱執意說道，「想是你那朋友的相好，正在受著小小的教訓哩。」說罷住口不語。

這時眾人果然聽見底下有打罵聲和呻吟聲。喬泰一躍而起，奔下船艙，馬榮緊緊跟在後面。

只見玉素赤條條橫躺在桌上，一名龜公抓住她的兩手，另一個按住兩腿，胖婦人手持藤條，正朝她身上抽打。

喬泰見狀，一拳猛打在頭一個龜公的下頷上，那人立時跌倒在地。另一個見勢不妙，放開玉素的兩腿，從腰間抽出一把匕首來。喬泰躍過桌面，推得胖婦人後背正撞在牆上，又抓住持刀者的手腕用力一擰，那人痛得大叫一聲朝後退去，匕首「當啷」一聲掉在地上。玉素翻了個身，拚命撕扯著被人塞在口中的破布條，喬泰扶她坐起，又將破布全都掏了出來。龜公彎腰正想去撿那匕首，馬榮抬起一腳踹在他的肋間，於是那人復又抱著肚子縮進牆角裡去。玉素一陣劇烈作嘔，到底還是吐了出來。

「好個其樂融融的美滿之家！」白凱在甲板上大聲喝采。

胖婦人見龜公從地上爬起，喘著粗氣叫道：「去隔壁船上叫人！」

「只管把人都叫來！」馬榮興起喝道，同時折下一條椅子腿，權作棍棒之用。

「慢著，慢著！」白凱叫道，「太太最好小心些，這二位可是衙門裡的差爺！」

胖婦人一聽，立時面色煞白，連忙示意龜公回來，又跪在喬泰面前哭訴道：「求老爺開恩！小婦人只想教那妮子如何服侍老爺！」

「我明明跟妳說過，別用髒手碰她！」喬泰怒道，解下項巾遞給玉素，好讓她揩淨臉面。玉素起身站在一旁，渾身兀自抖個不住。

「老兄且去安慰她一二。」馬榮說道，「我去把那個拿刀的傢伙拽起來。」

玉素撿起衣裙，朝後門走去，喬泰跟在後面，穿過一條窄窄的過道，兩旁皆是門戶。只見玉素推開一扇門，示意喬泰進去，自己也隨即走入。

這艙房十分狹小，舷窗下擺著一張床榻，另有一張小梳妝檯，前面一隻搖搖晃晃的竹凳，靠牆處放著一隻大紅皮箱，喬泰走過去在那衣箱上坐下。

玉素默默不語，將衣裙撂在榻上。喬泰訕訕地開口說道：「真是對不住姑娘，都是我的不是。」

「沒什麼要緊。」玉素漠然答道，俯身從窗臺上取過一個小圓盒。喬泰無法將視線從她豐滿圓潤的胴體上移開，不由怒道：「還是穿上衣服的好。」

「這裡實在太熱。」玉素悶聲說道，打開盒子取出油膏來，塗抹在腰間的傷處，忽又開口說道：「你瞧，你趕到的正是時候！皮肉倒還沒破。」

「妳就不能行行好，先把衣服穿上？」喬泰嘶啞說道。

「我還以為你想知道傷得如何呢，」玉素淡淡說道，「方才明明是你自己說的，都是你的不是！」說罷將衣裙疊起放在小凳上，然後小心坐下，開始梳理秀髮。

喬泰眼看著她纖細柔滑的後背，惱怒地提醒自己若是現在上去親熱一番的話，未免太不體貼人意，卻又從鏡中瞧見她豐滿的雙乳，不禁喉頭一噎，近乎哀求地說道：「別這副模樣！隨便哪個男人都抵擋不住妳那兩塊！」

玉素回頭驚訝地瞥了喬泰一眼，聳聳圓潤的肩頭，起身坐在喬泰對面的床邊，不經意地問道：「你當真是衙門裡的官差？來這裡的人常常不說實話。」

喬泰見她轉了話題，心中一陣感激，從靴筒裡抽出一份公文遞上。玉素先將兩手在

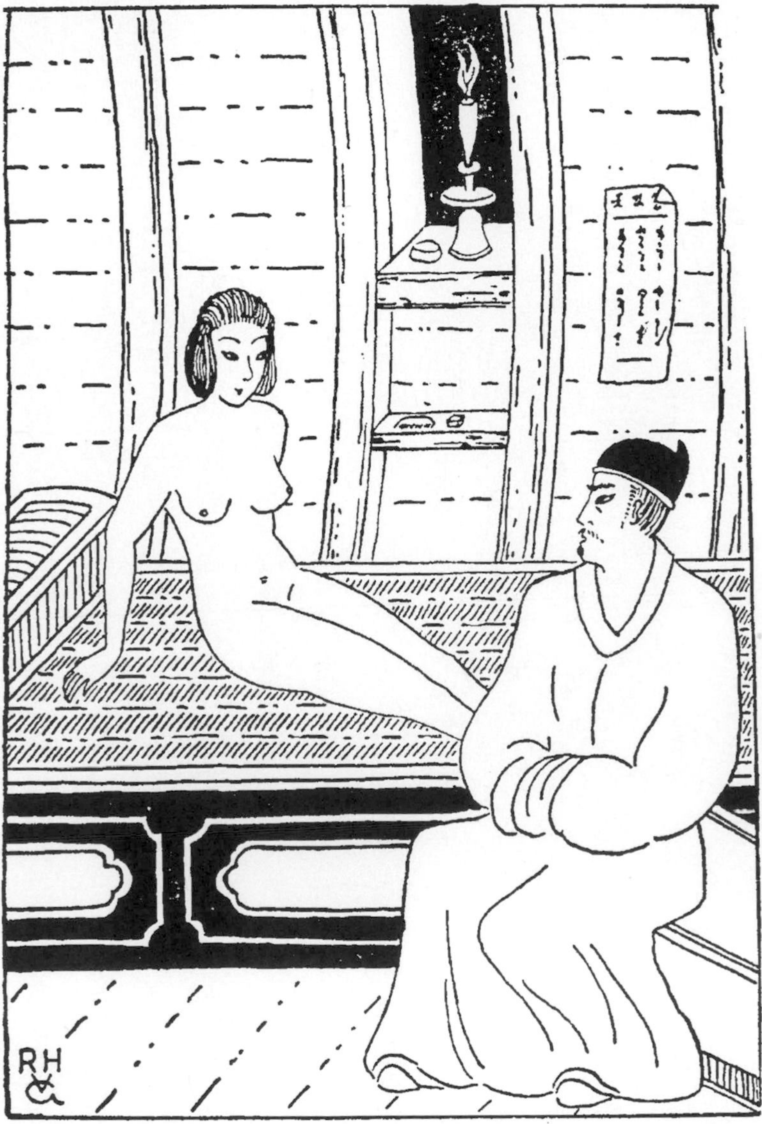

新官差遇妓在花船

頭髮上揩了幾下，然後接過，說道：「我雖不能讀書識字，但是眼力卻不壞！」說罷一扭纖腰，從床榻背後取出一隻扁平包裹來，看去長方形狀，外面用灰紙包得嚴嚴實實。

玉素坐在床邊，細細對比著喬泰所攜官牒上的大印與包裹外面摺縫處蓋的印章，看過後將文書還與喬泰，說道：「你說的不錯，確實是一模一樣的官印。」然後若有所思盯著喬泰，一隻手緩緩抓撓著玉腿。

「妳怎麼會有蓋著縣衙大印的包袱？」喬泰驚奇地問道。

「瞧瞧，可算是回過神來了。」玉素噘著小嘴說道，「你果真是個捉賊的官差？」喬泰緊握雙拳，衝口說道：「看這兒，姑娘！妳難道不是剛剛被人打傷？妳該不會把我想得如此下作，居然此刻就要與妳快活一番吧！」

玉素瞟了喬泰一眼，口中打了個呵欠，徐徐說道：「我也不知是否該把你想得那般下作。」

喬泰聽罷，立時站起身來。

❖

喬泰回到大艙房時，見白凱正趴在桌上鼾聲大作，胖婦人坐在對面，愁眉苦臉地對著酒盅出神。喬泰清帳過後，又警告曰要是再敢毒打玉素姑娘的話，定不輕饒。

「她只不過是個高麗戰俘，是我明公正道從官府手中買來的。」胖婦人尖酸說道，隨即又討好地附上一句，「不過老爺吩咐的話，對我來說，自然也與律法一般無二！」

這時馬榮也走入艙房，喜孜孜地說道：「這裡還真是個好地方！那胖妞兒可真是一流貨色！」

「很快就會有更出色的姑娘為老爺預備下，」胖婦人熱心說道，「第五條船上有個新來的，模樣俊俏，且又知書達理，雖說如今被一個主顧包下，但這種事都為時不久，沒準過上十天半月——」

「好得很！」馬榮讚道，「我們以後還會再來。不過告訴妳的手下別再動刀動槍，一旦惹惱了我們，可是不認人的。」又去搖晃白凱的肩膀，衝他耳邊叫道：「愛唱曲的，快快醒來！如今已是半夜，我們也該回去了！」

白凱抬起頭來，恨恨地瞥了二人一眼，傲然說道：「你兩個真是徹頭徹尾的大老粗，根本體會不得我胸中的高情逸致。我寧願留在此地，等著好友金桑前來，你們只知道飲酒亂性，真教人膩煩。走開！我瞧不上你們！」

馬榮笑罵幾句，將白凱的帽子朝下一拉，遮住他的兩眼，然後跟著喬泰上去，打個呼哨喚船過來。

第七回
偶獲漆匣始聞逸事　夜探佛寺暗驗陳屍

馬榮喬泰回到縣衙，見二堂內還亮著燈火。狄公正與洪亮密談，案上滿滿堆著公文案卷等物。

狄公示意馬榮喬泰在書案前的長凳上坐下，說道：「今晚我與洪都頭一起查過了王縣令的書房，仍未發現茶水是如何被下毒的。洪都頭見茶爐放在窗前，便猜想或許凶手捅破了窗紙，用一根細吹管伸進屋去，將毒藥吹入茶壺的水中。我們出去一看，卻發現窗外鑲有厚重的遮板，幾個月都未曾打開過。那扇窗戶正對著花園內一個陰暗的角落，因此王縣令平日裡只開書案前的另一扇。」

「晚飯之前，我見過了城中四位里長，看去都是體面正派之人，那高麗坊的里長也來了，也是精明能幹，他以前在高麗國時，似乎亦是官員一流人物。」

狄公略停片刻，翻看一下方才與洪亮議論時寫下的筆錄，接著又道：「用過晚飯後，我與洪都頭又翻閱了檔房中最要緊的公文，發現一應登記簿冊都保存完好。」說罷推開面前的卷冊，問道：「你二人今晚有何經歷？」

「回老爺，我們怕是出師不利。」馬榮懊惱地說道，「至於如何當差做公，我二人還得從頭學起。」

「我自己也是一樣。」狄公說著苦笑一下，「究竟出了何事？」

馬榮先講述一番九華莊掌櫃關於唐主簿和范仲的議論。狄公聽罷，搖頭說道：「我想不出唐主簿會有什麼不對頭，他看似心情極糟，以為自己撞見了王縣令的鬼魂，似乎受驚不小。不過我也疑心還有別的事，總之他令我頗為煩心，飯後喝過熱茶，我便打發他回家去了。」

「至於范仲，我們不該過分聽信飯鋪掌櫃所說的話。他們常對衙門心存偏見，不樂意官府控制米價或是收取酒稅。待他回衙後，我們自會判斷其人到底如何。」

狄公呷了幾口熱茶，又道：「唐主簿還說起在附近確有吃人的猛虎出沒，幾日前害了一個農夫的性命。王縣令一案一旦有所進展，你二人便出去打獵，設法逮住那畜生。」

「這差事我們樂意幹，老爺！」馬榮欣然說道，隨即面色一沉，猶豫半晌，才又道出在河岸邊模糊見到的那場蓄意害命的怪事。

狄公面露憂色，皺眉說道：「但願是你在霧裡看迷了眼，我可不希望再出一樁人命案！明日一早，你二人再去一趟，看看能否向住在附近的百姓打探一二。或許你們看見的景象，自有一番合情合理的說法，再等等看有無走失人口的案報。」

隨後喬泰述說了他二人如何遇見易家管事白凱，又如何去了花船，自是略去不少細處不提，只說在船上喝了幾杯酒，又與姑娘們閒談一陣。

狄公聽罷面露喜色。二人見老爺如此，方才鬆了一口氣。

「你們幹得一點不壞！」狄公讚道，「今晚探聽出了不少消息。妓館娼寮正是無賴閒漢們聚集的場所，知道了如何走法自是好事。我們且來看看那些花船到底泊在何處，洪都頭，你將我們剛剛看過的地圖拿來。」

洪亮將一卷全城地圖展開在書案上。馬榮站起俯身細看，指著位於城西水門以東的第二座橋，說道：「就在這附近，我們看見那人坐在小轎上，然後在這邊的飯館裡遇見白凱，又在運河裡坐船朝東而行，從東邊的水門出去。」

「你們如何能過得去？」狄公問道，「那兩座水門一向都有粗鐵柵欄著。」

「鐵柵有的地方鬆了，」馬榮答道，「一條小船可以從缺口處鑽過去。」

「明早頭一件事，便是派人前去修補。」狄公說道，「不過妓院為何開在船上？」

「回老爺，唐主簿跟我說過，」洪亮插話敘道，「數年之前，蓬萊有過一位縣令，不喜城內開有妓院，於是老鴇們只得搬到船上去開業，就泊在東邊城牆外的溪流裡。那個縣令離任後，花船卻依舊留在原地，因為對水手來說很是方便，他們可以不入城門，便直接從自家船上過去。」

狄公點點頭，手捻頰鬚沉思道：「白凱這人聽去頗為有趣，以後我倒想會他一面。」

「他是不是詩人我說不上，但肯定十分精明，」喬泰說道：「一眼就看出我二人曾是剪徑強人，並且在花船上，也只有他聽到那姑娘正在遭受打罵。」

「姑娘遭受打罵？」狄公驚問道。

喬泰一拍膝頭，叫道：「還有那個包裹！我真是太蠢了，居然全都忘在腦後！那高麗姑娘給了我一個包裹，說是王縣令以前交託給她的。」

狄公坐直起來，急切說道：「這可能是我們發現的頭一條線索！只是王縣令為何會將此物交給一個平常的煙花女子呢？」

「她說有一次被召去陪席助興時，得識了王縣令，」喬泰答道，「老色鬼很中意她，雖說不至於公然去花船上造訪，卻時常召她來縣衙內宅中過夜。大約一月前的一天早上，她正要離開時，王縣令將這包裹給她，還說想要藏匿什麼東西的話，最意想不到的地方才是最妥當的，並囑她代為保管，不可讓旁人知道，日後需要時再取回來。姑娘問裡面裝著什麼東西，王縣令卻只是笑笑，說沒甚要緊的，然後又板起臉來，鄭重地囑咐她萬一自己遭遇到什麼不測，務必請她將此物交給下一任縣令。」

「既然如此，王縣令被害後，她為何不帶著包裹前來縣衙？」狄公問道。

「那些姑娘們對官府怕得要命，」喬泰聳聳肩頭答道，「她寧可等著衙門裡有人去花船上時再見機行事，而我恰巧便是頭一個。就是這東西。」說罷從袖中取出一個扁平包裹呈上。

狄公接在手中，上下一轉，欣喜地說道：「且來瞧瞧裡面到底有什麼！」隨即撕開封印，拆去裹在外面的灰紙，裡面是一個扁平的黑漆盒，盒蓋上鑲著兩根竹枝和幾片竹葉做為裝飾，用金漆印模而成，周圍還嵌有一圈螺鈿。

「這盒子倒是件值錢的古董。」狄公說著打開盒蓋，一看之下，不由驚叫一聲，裡面竟是空無一物。

「定是有人做了手腳！」狄公怒喝一聲，又拿起拆下的包紙，惱火地說道，「該學的東西果然不少，我應該先仔細檢查過封印再撕開才是！如今悔之晚矣。」說罷朝椅背上一靠，擰緊眉頭。

洪亮好奇地打量著漆盒，說道：「從大小和形狀來看，想是存放文書用的。」

狄公聞言點頭，嘆息說道：「罷了，有盒子總歸比沒盒子要好。王縣令定是將什麼重要文書放在其中，比他收在書案抽斗裡的更為要緊。喬泰，那姑娘將盒子擱在何處？」

「就在她的艙房裡，床榻和牆壁之間的空檔處。」

狄公目光犀利地瞥了喬泰一眼，淡淡說道：「明白了。」

「她向我保證說，」喬泰為了掩飾尷尬，忙又說道，「此事從未告訴過別人，也從沒給人看過。但她又說自己不在時，其他姑娘也會用她的艙房，客人和僕從們都可隨意進出。」

「如此說來，即使你那姑娘所言不虛，實則也是任何人都可拿到包裹！又是死路一條。」狄公說罷思忖半晌，聳聳肩膀又道：「我查看王縣令的書房時，找到了一本簿冊，你二人且過來，看看能否瞧出點眉目來。」

狄公打開抽斗，取出簿冊遞給馬榮。馬榮接過翻了一翻，喬泰也從旁探頭打量，到底還是搖搖頭還給狄公，口中說道：「回老爺，我們還是為你去抓幾個歹人來得痛快。我二人都不會動腦筋，但是精通舞拳弄腳的力氣活。」

狄公苦笑一下，說道：「我總得先查明瞭凶犯是誰，然後再派你們前去捉拿吧。但是不必擔心，我這裡另有一樁差使給你們去辦，就在今晚，我須得去白雲寺的後殿查看一番，事出有因不想讓旁人知曉。再來瞧瞧這張地圖，商議一下該如何行事。」

馬榮喬泰湊在一處細看地圖。狄公伸手一指，說道：「這寺廟坐落在城東，就在溪流的對岸和高麗坊的南邊。唐主簿說過後殿就在牆邊，牆後的山坡上則是一片密林。」

「院牆可以翻過去，」馬榮說道，「要緊的是如何能神不知鬼不覺地走到寺廟後面。此時路上不會有多少行人。不過，我們若是三更半夜出城去，被東門的守衛看見了，非得搬弄口舌不可。」

喬泰抬頭說道：「我們可以在遇見白凱的飯館背後僱條小船。馬榮很會駕船，自會帶著我們穿過運河，再從水門下的缺口鑽入，直到溪流對岸，然後就得憑運氣了。」

「好個主意。」狄公讚道，「我這就去換上獵裝，然後出發。」

四人從角門出了衙院，順著大街一路朝南。天氣已見好轉，一輪明月掛在空中。四人行至飯館背後，果然找到了一隻泊船，講好價錢並付了佣金。

馬榮不愧是個划槳的好手，熟練地駕著小船來到水門前，找到鐵柵的缺口處鑽了過去，直朝花船方向而去，靠近最末一條花船時，突然折向東邊，很快便划到溪流對岸，揀了一處灌木叢生的地方停下。

狄公與洪亮下船後，馬榮喬泰一起將船拖到岸上，藏在灌木叢下。

「老爺，洪都頭最好留在這兒。」馬榮說道，「船得要有人照看，而且前面的路也不會好走。」

狄公點頭同意，跟著馬榮喬泰鑽入灌木叢中。走到路邊時，馬榮撥開枝葉，只見路對面是密林覆蓋的山坡，左邊的遠處依稀可見白雲寺山門。

馬榮抬手一指山坡，說道：「此時四下無人，我們趕緊跑過去。」

路對面的林中一團漆黑，馬榮拽著狄公穿過茂密的灌木叢，喬泰走在前面的高處，幾乎不曾發出響動。三人順著陡峭的山坡朝上攀登。

馬榮喬泰引著狄公，不時踏上前人踩出的羊腸小道，隨後又在林中穿行。狄公早已不辨東南西北，而那一對曾經出沒山林的綠林好漢，卻仍在前頭走個不停。

忽然間，喬泰來到狄公身側，悄悄說道：「有人在跟著我們。」

「我也聽到了。」馬榮輕聲附和道。

三人靜立不動，靠在一處。這時狄公也聞得一陣微弱的沙沙聲，還有低沉的咕嚕聲，似是來自左下方。

馬榮扯扯狄公的衣袖，隨即俯身趴在地上，狄公與喬泰也依樣而行。三人匍匐著爬上一條山梁，馬榮小心地輕輕撥開樹杈，壓低嗓子咒罵一聲。

狄公朝下看去，只見一道淺淺的溪谷中，月光下有個黑影正在鋸齒形的長草間大步跑動。

「一定是頭老虎！」馬榮激動地低聲道，「可惜我們沒帶弓箭來。倒也不必擔心，它不會襲擊三個人的。」

「閉嘴。」喬泰咬牙說著，朝下仔細窺視。只見那黑影正在草間飛跑，躍上一塊岩石，又溜進樹叢中。

「那不是一隻普通的野獸！」喬泰低語道，「剛才牠跳起時，閃過一隻爪子樣的白手。那是一頭人虎！」

一聲奇異的長嚎劃破寂靜，幾乎像是人聲。狄公聽了，不由得脊背一陣發冷。

「牠已嗅出了我們的味道。」喬泰嘶啞說道，「我們趕緊奔到廟裡去，應該就在這山坡下面！」說罷跳起身來，與馬榮一左一右拽著狄公，使出渾身氣力朝山下奔去。

狄公只覺腦中一片木然，那可怖的叫聲還在耳邊回響，自己被樹根絆倒，又被人拉起來繼續踉蹌前行，衣袍也被樹枝刮破，一陣強烈的恐懼攫住身心，只覺得隨時會有一個沉重的龐然大物壓上後背，然後伸出利爪撕裂自己的喉嚨。

馬榮喬泰忽然撒開手，自顧朝前跑去。狄公跌跌撞撞穿過灌木叢，只見面前出現一堵丈把高的磚牆，喬泰已蹲伏在牆邊，馬榮輕輕一躍，跳上喬泰的肩頭，手抓牆頭引身上去，然後跨坐下來，俯身朝狄公示意。經由喬泰相助，狄公抓住馬榮的兩手，被迅速拽上牆頭。只聽馬榮叫道：「跳下去！」

狄公手抓牆頭，順勢滑下，直至兩臂完全伸直後方才鬆手，正好落在一堆垃圾穢物上，等到站起身來，馬榮喬泰也已跳下。牆後的林中又傳出長長一聲嚎叫，然後一切重歸寂靜。

三人如今身在一個小花園中，對面是一座高高的大殿，建在寬闊的磚石臺基上，離地足有四尺高。

「老爺，那就是你要找的後殿了！」馬榮啞聲說道，月光下一張闊臉看去十分疲累，喬泰正默默檢視著衣袍上扯破的口子。

狄公大口大口喘著粗氣，渾身汗出如漿，努力自持後開口說道：「我們先上那平臺，繞行到大殿門口去。」

三人走到殿前，只見這平臺呈四方形，十分闊大，漢白玉石板鋪地，周圍一片死寂。

狄公小心打量四周，過後才伸手推開沉重的殿門。只見殿內十分寬敞，卻甚是幽暗，唯有明月透過窗紙映入一點微光，地上除了一排黝黑的長箱之外，別無他物，空氣中隱隱飄來一股腐臭之氣。

喬泰暗罵一聲，低聲咕噥道：「那些全是棺材！」

「我正是為此而來。」狄公說著從袖中摸出一支蠟燭，又叫馬榮遞過火鐮，點亮蠟燭後，俯身一一細看貼在棺木正面的紙條，終於在第四口旁邊停下，起身摩挲著棺蓋，低聲命道：「棺蓋釘得很鬆，把它打開。」

馬榮喬泰取出匕首，用力撬動棺蓋，狄公在一旁焦急等待。只見二人將棺蓋抬起放在地上，漆黑的棺內冒出一股令人作嘔的惡氣，二人不由得後退幾步，口中咒罵連連。

狄公急忙用項巾掩住口鼻，手擎蠟燭，俯看那屍體的臉面，馬榮喬泰雖然心中畏懼，終是敵不過好奇心，也從狄公身後引頸望去。狄公一看，果然就是在走廊上撞見的那人，面上的神情依然十分高傲，細長的雙眉立起，鼻梁挺直，左頰上有一塊胎記，不同之處在於雙目緊閉，凹陷的面頰上已顯出點點青紫屍斑。狄公只覺心中一陣茫然，實在太過相像了，絕不可能是惡作劇，自己在空宅內撞見的無疑就是王縣令的鬼魂。

狄公退後幾步，示意馬榮喬泰將棺蓋放回，隨即吹熄蠟燭，冷靜說道：「我們還是不要順原路返回的好。不如沿著外牆行走，到了殿前的山門附近再翻牆出去。雖然可能被人撞見，但是林子裡卻更加危險！」

馬榮喬泰低聲贊同。

三人順著大殿，在牆根下的陰影處繞行，終於走到山門前，然後翻牆出去，在大路邊的樹下行走，又迅速橫穿過去，鑽入漆黑的林中，林子那邊便是溪流。

洪亮正躺在船底熟睡，狄公上前將他喚醒，然後幫馬榮喬泰將小船推入水中。

馬榮正要上船時，忽然停住腳步。只聽水面上傳來一個高亢尖利的聲音，正在吟唱：「月兮月兮，皎皎如銀——」

遙見一葉小舟划向水門，歌者坐在船尾，手臂隨著韻律的起伏正不停上下搖擺。

「那就是喝得爛醉的詩人白凱，到底還是回家去了！」馬榮叫道，「不如讓他走在前頭的好。」

當那刺耳的吟聲再度響起時，馬榮又冷冷說道：「我原先覺得他唱得很是難聽，不過說真的，自從在林子裡領教過那一聲吼叫之後，如今倒是覺得入耳多了！」

第八回
失嬌妻船主報官府　查兩案縣令析疑情

早在天亮之前，狄公便已起身。昨夜從白雲寺回來，狄公雖已筋疲力盡，但卻沒能睡好，兩次夢見王縣令的鬼魂立在榻前，於是猛然驚醒，出了一身的冷汗，室內卻仍是空空如也，索性披衣下床點亮燭火，坐在書案前翻閱公文，直至天光破曉，紅霞映窗。

一名衙吏送入早飯，狄公剛剛用罷，洪亮又提著一壺熱茶進來，稟報曰馬榮喬泰已出去督辦修補水門之務，過後將去昨晚疑似發生異事的運河沿岸再度查訪一番，盡量趕在早衙開堂前返回。衙役班頭進來報曰范仲仍未露面，最後又有唐主簿的家僕前來送信，道是主人昨夜高燒發作，一旦稍稍康復，便會立即回衙當差。

「我自己也頗覺不適。」狄公低聲咕噥一句，大口喝下兩杯熱茶，又道：「要是我的藏書都在這裡就好了，其中有不少關於鬼魅和人虎的記述，只可惜以前從未留意過。

做個縣令，非得事事通曉才行啊！且罷，關於今日早衙開堂，昨晚唐主簿跟你已經議過，不知都有哪些事務要辦？」

「沒有多少，老爺。」洪亮答道，「有兩個農夫因為劃分田界爭執不下，今早須得做出裁斷，如此而已。」說著遞上案卷。

狄公匆匆瀏覽過案卷，說道：「此事好在並不繁難。唐主簿做事精細，將舊地圖一同收在魚鱗圖冊[4]中，那上面清楚標有原來的分界線。一旦了結此案，我們便可立即退堂，還有更要緊的事得辦！」說罷站起身來。

洪亮助老爺換上墨綠織錦官袍，又戴上烏紗帽。只聽三聲鑼響，預示早衙即將開堂。

狄公穿過二堂前的廊道，走出繡有獬豸圖樣的帷幕背後的小門，邁步登上高臺，在案桌後的太師椅上坐定。只見大堂內人滿為患，蓬萊百姓正急於一瞻新任縣令的風采。

狄公朝左右迅速打量一下，查看一眾衙員是否已各在其位。案桌兩旁各設一張矮桌，早有書吏坐在那裡，等候記錄議程，筆墨紙硯皆已齊備。堂下有六名衙役分列左右，班頭站在一邊，手中緩緩搖動著長鞭。

狄公一拍驚堂木，宣布升堂，點過花名冊後，看看洪亮放在桌上的案卷，對班頭示意一下，於是兩名農夫被帶到案前，雙雙跪倒在地。狄公講明瞭關於田界糾紛的決議後，二人磕頭謝恩。

狄公正欲拍案退堂，卻見一個衣冠楚楚的男子踧行上前，手拄一支頗有分量的竹杖，相貌甚是清俊，留著一副短短的髭鬚，修剪得十分齊整，年紀大約四十左右，在案桌前艱難跪下，開口時語聲文雅悅人：「小民乃是船業主顧孟賓。老爺統管蓬萊，首次升堂便來攪擾，實在過意不去，只因賤荊數日不見蹤影，令小民十分擔憂，還望縣衙幫助尋查下落。」說罷在地上叩頭三下。

狄公暗暗嘆一口氣，開言道：「顧孟賓，你須將此事原原本本報來，本縣方能再做定奪。」

「回老爺，小民於十日前迎娶賤荊過門，」顧孟賓敘道，「由於前任縣令王老爺遽爾辭世，我等自是免去了大擺宴席，一力簡樸行事。新婦依例在婚後第三日歸寧，岳丈是經學博士曹鶴仙，就住在西門外。賤荊本應前天離開娘家，即本月十四日，當日下午便可回宅，小民見她未歸，心想許是打算多住一天。誰知到了昨日下午，仍是不見人影，小民這才發了急，派我那管事金桑去曹家詢問。岳丈告訴他說賤荊於十四日午膳後騎馬

4 即中國古代的一種土地登記簿冊，將房屋、山林、池塘、田地等依照次序繪出，並標明相應的名稱，由於田圖狀似魚鱗，故得此名，亦稱「魚鱗冊」、「魚鱗簿」或「丈量冊」。

離家返程，由其弟曹敏一路相送。內弟本應將賤荊送至縣城的西門口，下午回家後，他對其父道是快要走上官道時，他看見路邊樹上有個鶴鳥巢，便讓賤荊前頭先行，預備掏幾顆鳥蛋後就趕上來，結果爬樹時不慎踩斷朽枝，跌到地上扭傷了腳踝，然後一瘸一拐走到附近的農莊裡，農人為他包紮了傷處，又用驢子馱著送回家中。既然姐弟二人分手時，賤荊就快要走上官道，料想她已是直接回城了。」

顧孟賓略停片刻，揩揩額上的汗水，接著敘道：「在鄉間小路與官道的交口處，有一座軍營值房，我那管事曾順路進去打聽，還有官道兩旁的農莊與店鋪，全都一一問過，都說那天並未見有單身騎馬的女子經過。小民聽罷驚懼萬分，生怕賤荊遭遇到什麼不測，這才趕來縣衙，懇請老爺及時發告尋人。」

顧孟賓又從袖中取出一份摺好的文書，兩手捧著舉過頭頂，恭敬呈上：「小民寫下的此文書，乃是關於賤荊年貌服飾以及坐騎的描述，那匹馬面上生有白斑。」

班頭接過文書，送到案桌上。狄公匆匆看罷，發問道：「尊夫人隨身可帶有珠寶，或是大筆銀錢？」

「回老爺，沒有。」顧孟賓答道，「我那管事曾問過岳丈，答曰只提了一籃糕餅，是岳母送給小民的禮物。」

失嬌妻船主報官府

狄公點點頭，又問道：「可有什麼人對你懷恨在心，因此企圖加害尊夫人？」

顧孟賓斷然搖頭，答道：「回老爺，或許有人對小民心懷不滿，哪個爭財逐利的行當裡不是如此？但是無人敢犯下如此卑劣的罪行！」

狄公緩捋長髯，暗想若是當眾盤問顧太太是否會與人私奔，怕是多有冒犯，理應先查明她的性情品格如何後再議，於是說道：「本縣定會立即著手，做出必要的安排。縣衙退堂後，讓你那管事前來二堂，詳述一番他四處打問的經過，免得重複行事。一旦有了消息，自會派人告知於你。」說罷一拍驚堂木，宣布退堂。

狄公回到二堂，只見一名衙吏正在那裡等候，稟道：「船業主易本前來求見，說是想與老爺私談幾句，此刻正在前廳內等候。」

「他是何人？」狄公問道。

「回老爺，易先生是本地的富戶，」衙吏答道，「他與顧孟賓先生同為全縣最大的兩個船主，名下的貨船走遍高麗日本各地。二人在河邊各有一個碼頭，整日造船修船，十分忙碌。」

「好，」狄公說道，「我正等著要見另一個人，不過此刻可以先見易先生。」又對洪亮吩咐道：「你留在這裡接待金桑，並把他打聽的主家夫人走失的詳情全都記錄下來。我去聽聽易本究竟要說何事，過後便立即回來。」

一個高大肥碩的男子正站在前廳內等候，一見狄公進來，立即跪倒在地。

「此處不是公堂，易先生請起。」狄公在茶几旁坐下，和藹說道：「還請對面坐下。」

易本低聲咕噥了幾句謙詞，隨後在座椅邊緣小心坐下。只見他生得一張肥厚的圓臉，留著稀疏的髭鬚，四周圍了一圈粗糙的絡腮鬍子，一雙小眼中露出奸猾，令狄公心中不喜。

易本呷了一口茶水，似是茫然不知該從何說起。

「不出幾日，本縣便會邀請當地所有名流前來衙院，」狄公開言道，「希望之後能與易先生長談一二。此時有務在身，還請多多包涵。易先生若是有事前來，還望省卻繁文縟節，直言便是。」

易本連忙躬身一揖，開口說道：「回老爺，身為船業主，小民一向謹守海防規章，事事依律而行。如今城內傳言已久，道是有大批軍械正通過蓬萊私運出去，小民以為理應將此事主動報知老爺。」

狄公坐直起來，懷疑地問道：「軍械？運去哪裡？」

「回老爺，自然是高麗無疑。」易本答道，「小民聽說高麗人戰敗後十分惱火，正在圖謀不軌，打算襲擊那裡的唐軍要塞哩。」

「有人竟敢通敵叛國，真是無恥之尤。」狄公怒道，「你可知道都有誰參與其中？」

易本搖頭答道：「回老爺，可惜小民還未能發現絲毫線索，只敢說我名下的貨船與此勾當絕無干係！雖然這些只是傳言，不過軍塞統領一定也已有所耳聞，據說對於所有出港的船隻，近來盤查得十分嚴格。」

「若是你再聽到什麼消息，務必立刻前來報知本縣。」狄公說道，「還有一事，顧孟賓與你是同行，據你想來，顧太太可能出了何事？」

「回老爺，小民全無頭緒。」易本答道，「不過，曹鶴仙當初未將女兒許配與犬子，如今該是追悔莫及了吧！」見狄公揚起兩道濃眉，忙又說道：「老爺有所不知，我與曹鶴仙本是多年知交，同為排佛崇理之人，雖然從未正經議過他家小姐與我家長子的婚事，但我一向以為自是理所當然。不想三個月前，顧孟賓的髮妻辭世後，曹鶴仙突然昭告曰要將女兒許配給顧孟賓！老爺想想，曹小姐還不到二十歲哩！況且顧孟賓還是個狂熱的佛徒，據說將要捐一座——」

「夠了。」狄公打斷了易本的話，不想再聽這些家中私事，於是轉而說道：「昨天晚上，我的兩名隨從與你那管事白凱不期而遇，此人似乎頗不尋常。」

「小民但願白凱遇見人時，總還稍稍清醒！」易本略顯無奈地笑道，「他要麼就是喝得爛醉，要麼就是寫幾首歪詩。」

「那你為何還要留用他？」狄公驚問道。

「其中自有緣故。」易本解釋道，「誰能想到如此詩酒放浪之人，卻是個理財聖手！不瞞老爺說，當真是不可思議。有一天，我預備花上整整一晚的工夫與白凱一起查帳，不料坐下剛說了幾句，他便將所有帳目從我手中一把取過，一邊翻閱，一邊隨手記下些字句，隨後交還於我，大筆一揮寫下了結餘數目，竟是不差分毫！又過了一天，我對他說軍塞裡需要一條戰船，給他七天時間，為造船一事作個估算，結果當天晚上就大功告成了！正是因此，我才能搶在顧孟賓前頭遞上文書，從而攬到了這樁生意！」說著得意地一笑，又道：「只要他不曾耽誤了我的正事，只管隨意詩酒放浪去。他受僱的日子雖不長，卻掙了普通帳房二十倍的薪水。只有兩件事令我不喜，一是他虔心信佛，二是與顧孟賓的管事金桑一味交好。不過白凱堅稱佛家教義令他於心戚戚，而與金桑來往，則是為了探聽顧家生意上的消息，有時自然也不無用處。」

「叫他過幾日來一趟縣衙，」狄公說道，「這裡有一本貌似帳簿的冊子，看他能否瞧出些眉目來。」

易本朝狄公溜了一眼，意欲再問一事，卻見狄公已站起身來，只好起身告辭。

狄公正要穿過庭院時，迎面遇見馬榮喬泰二人。

「啟稟老爺，水門鐵柵上的缺口已經修好。」馬榮說道，「回來的路上，我二人又去了河邊，向第二座橋附近的幾家大宅打問了一番，聽僕人道是有時宴席過後，他們會將裝有垃圾雜物的大桶放在小轎上，再抬去河邊倒入水中。不過我們仍須挨家挨戶地查問，看是否有人在昨天晚上做過此事。」

「原來如此！」狄公鬆了一口氣，「此刻你二人與我一起去二堂中，金桑想必正等在那裡。」

三人一路行走時，狄公向馬榮喬泰簡述了一番顧太太失蹤一事。

洪亮正與一個後生敘話。那人面容俊秀，看去大約二十四五歲，上前見過禮後，狄公問道：「看你的名字，可是高麗人氏？」

「回老爺，正是如此。」金桑恭敬地答道，「小民正是生在這高麗坊中。由於顧先生手下有許多高麗水手，他便僱我負責統管眾人，並居中做個譯語[5]。」

狄公聽罷點頭，見洪亮已對金桑之所述做了筆錄，便拿起來細細讀了一遍，接著交給馬榮喬泰，對洪亮問道：「范仲最後被人看見時，是不是也在十四日，並且也是午後不久？」

「是的，老爺。」洪亮答道，「范家佃農說他吃過午飯後離開田莊，與男僕老吳一道朝西而去。」

「你這裡寫曹鶴仙家也在附近。」狄公又道，「我們且來弄明白，取地圖來。」

洪亮將大幅蓬萊全圖展開在書案上，狄公拿出筆來，在城西一帶畫了個圓圈，並指著曹宅說道：「你們看此處，顧太太於十四日午膳後離家，先是朝西而行，在頭一個岔路口右轉。金桑，她的兄弟是在哪裡與她分開的？」

「回老爺，在經過兩條鄉間小路交匯處的小樹林時。」金桑答道。

「不錯，」狄公說道，「范家佃農曾說過，范仲也是在同一時間朝西而去。為何他不朝東走，從田莊徑直回城去呢？」

「回老爺，從地圖上看去甚是便捷，但卻難走得很。」金桑答道，「只是一條路人踩出的小徑，雨後更是泥濘溼滑。范仲要是抄近路，比起繞遠走官道來，實則花費的時間更多。」

5 指翻譯語言之人。日本僧人圓仁《入唐求法巡禮行記》一書中，曾多次提到「新羅譯語」。關於此書，請詳後記中的相關記述。

「原來如此。」狄公說著又拿起筆來，在鄉間小路交口與官道之間做了個記號，「我從不相信什麼巧合，不過可以假設顧太太正是在此處遇見了范仲。金桑，他二人以前可曾相識？」

金桑猶豫片刻，方才答道：「回老爺，這個小民不知。不過既然范家田莊離曹家不遠，顧太太未出閣時，許是見過范仲也未可知。」

「好吧，你所說的甚是有用，」狄公說道，「至於如何行事，我們回頭再議。你可以走了。」

金桑離去後，狄公意味深長地瞧著三名親信，撇一撇嘴，開口說道：「要是還記得飯鋪掌櫃對范仲所發的議論，當日發生的情形，自是可想而知。」

「顧孟賓還是防範得不夠嚴實。」馬榮說著，眼中閃過一絲嘲弄之意。洪亮卻面帶疑慮，慢慢說道：「老爺，若他二人真是私奔，為何官道上的兵卒未曾看見？在那些軍營值房的門前，總會有幾名兵士整日坐守，一邊吃茶，一邊盯著來往路人，並且他們一定認得范仲，若是范仲與一婦人同行，他們定會看在眼裡。還有范仲的男僕，不知又去了哪裡？」

喬泰起身俯看地圖，說道：「無論到底出過何事，正是發生在破廟前面。飯鋪掌櫃曾說過幾樁怪事，都與那裡有關！並且這一段路，不但從值房看不到，從范家田莊和曹家看不到，從顧太太的兄弟受傷包紮的小農莊也看不到。如此說來，顧太太與范仲，還有范家男僕，正是在這一帶消失了蹤影！」

狄公霍然起身，說道：「我們先去親自查看一回，過後再議不遲，順便也可見過曹鶴仙與范家佃農。此刻天氣轉晴，我們這就出發！昨夜那一番經歷過後，我倒是很想在光天化日之下好好騎上一程馬哩！」

第九回
田莊內查案審佃戶　桑林中掘屍驚眾人

城西門外，一隊人馬走在鄉間土路上，正在田間耕作的農人見此情形，紛紛舉頭觀望。狄公一馬當先，三名親信緊跟其後，另有班頭與十名衙役騎馬隨行。

狄公打算抄近道去范家田莊，很快便發覺金桑說得一點不錯。這條路果然十分難行，泥地上印出的轍痕變得乾硬深陷，馬匹不得不排成一列，緩緩前行。

經過一片桑樹林時，班頭驅馬下田，趕到狄公身邊，指著前面高地上的一座農舍，諂媚說道：「老爺請看，那裡便是范家田莊！」

狄公沉下臉來，厲聲說道：「以後不許再踐踏良田！本縣已仔細看過地圖，自然知道那就是范家田莊。」

班頭聽罷垂頭喪氣，等狄公與三名親隨走過後，才與一個老衙役低聲咕噥道：「瞧這縣太爺，多麼法度嚴明！還有他帶來的那兩個傢伙，也是仗勢欺人！我堂堂一個衙役班頭，昨天居然也被叫去習武操練！」

「混口飯吃真是不易，」衙役嘆氣說道，「小人也是一樣，況且還沒個好親戚，能留給我一座小田莊用來安身。」

路旁有一座小茅棚，狄公行至此處，跳下馬來，只見前面一條小路蜿蜒通向田莊，於是命班頭與眾衙役留下，只帶了三名親隨徒步走去。

馬榮經過小茅棚時，一腳踢開大門，只見裡面堆著許多木柴。

「真想不到！」馬榮說著正要關門，卻被狄公推到一邊。只見柴草堆裡有一件白花花的物事，狄公上前撿起，拿給三人一看，卻是一方婦人用的繡花手巾，上面還留有淡淡的餘香。

「農婦村姑們想必不會用到此物。」狄公說著，將手巾小心地納入袖中。

四人走到半路上，看見一個身材健壯的女子正在田間鋤草，身著藍布衣褲，頭上裹著一塊花布，直起身來，目瞪口呆地望向四人。馬榮衝她上下打量一眼，對喬泰低聲說道：「比這更醜的我也見過哩。」

農舍十分低矮，裡面有兩間屋舍，靠牆的門廊下擺著存放農具的大箱，不遠處還有

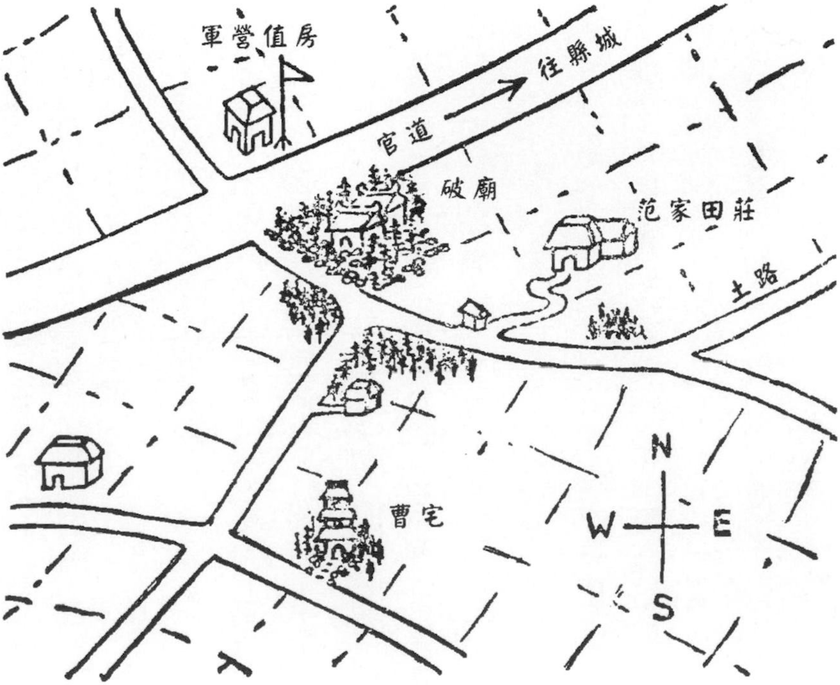

蓬萊局部圖

一間穀倉，和房屋之間隔著一道高高的籬笆。門前立著個高個漢子，身上穿著一件打了補丁的藍布袍，正在打磨鐮刀。狄公走上前去，開口說道：「我乃是蓬萊縣令，領我們進屋去。」

那人面容粗糙，抬起一雙小眼，迅速瞧瞧狄公與三名隨從，笨拙地躬身一揖，引著眾人走進屋內。四面皆是斑駁的灰泥牆，除了一張粗製長桌和兩把舊椅外，別無他物。狄公靠在桌旁，命那農夫報上自家名姓，以及住在此地的另有些何人。

「小民叫作裴九，」那人陰沉答道，「是縣衙裡范仲老爺的佃農。兩年前死了老婆，如今和女兒淑娘同住在這裡。女兒燒菜煮飯，也幫我在田裡做些農活。」

「這田莊要是只有一人操持，似乎不易。」狄公說道。

「小民手頭寬裕時，也會僱個幫手，」裴九低聲說道，「但不是常有的事。范爺這東家很是難纏。」說罷擰緊眉頭，抬眼望了狄公一下，目露挑釁之色。

狄公見此人面色黝黑，寬闊的兩肩略微佝僂，手臂筋肉結實，看去相當不善，便說道：「你且說說東家來時的情形。」

裴九抬手拽拽舊衣領的摺邊，生硬地答道：「范爺是十四日來的這裡，當時小民父女倆剛吃過午飯。我想買新穀種，問他討錢，他卻不給，還叫老吳去穀倉裡瞧瞧，那廝回來說尚有半口袋種子。范爺聽了哈哈大笑，然後他二人便騎馬朝西，直奔大路而去。衙裡的差爺來時，小民已經說過這些話了，再無其他。」說罷兩眼低垂，望向地面。

狄公默默注視著裴九，突然斷喝一聲：「裴九，抬頭看著本縣！快說，那婦人到底出了何事？」

裴九驚駭地望了狄公一眼，轉身朝門口奔去。馬榮一躍而起，一把揪住裴九的衣領，將他強拖回來，並按著跪在狄公面前。

「不是我幹的！」裴九叫道。

「這裡出過的事情，本縣心裡一清二楚！」狄公厲聲說道，「還不從實招來！」

「老爺饒命，且聽小民一一道來。」裴九絞著兩手哭叫道。

「那就快講。」狄公喝道。

裴九皺著眉頭，深吸了一口氣，然後開言道：「實情原是這樣。就在那天，老吳牽了三匹馬過來，道是東家和太太要在田莊裡過夜。小民從未聽說過范爺已經成家，但也沒多問，因為老吳那廝從來不是個東西。我喚來淑娘，讓她去殺一隻雞，和著蒜瓣下鍋炒炒，再去把東家的臥房收拾妥當。東家這次來，定是要收租子的。我牽了馬匹去穀倉裡，刷洗過後又餵了草料。」

「等我回到屋裡，只見范爺正坐在這張桌旁，大紅錢箱擱在面前。我知道他要收租子，便說才買了新穀種，一時錢不湊手。他張口罵了我幾句，又叫老吳去穀倉裡看看到底有沒有成袋的穀種，過後又命我帶著老吳去田裡四處瞧瞧。」

「我和老吳再回屋時，天已經快黑了，范爺從臥房內發話說要吃飯，淑娘便給他端了進去。我和老吳在穀倉前吃了碗稀粥，老吳說要是我給他五十個銅板的話，他就去告訴東家田裡料理得很好。他拿到錢之後，便去穀倉裡歇息。我一人坐在外面，心裡盤算著如何才能弄到這租子錢。等淑娘將廚房收拾停當後，我便打發她去閣樓上歇息，然後自己回了穀倉，在老吳旁邊睡下。不知幾時我醒過來，心裡還想著繳租的事，卻發現老吳已不見了人影。」

「想是摸到閣樓上去了。」馬榮壞笑著插嘴道。

「休得輕口薄舌！」狄公衝馬榮喝道，「你且閉嘴，讓他說完。」

裴九並未理會這小枝節，擰著眉頭又道：「我起身走到外面，發現三匹馬也不見了，又看見東家的臥房裡還亮著燈光，心想既然人還沒睡，應該趕緊告訴他才是。我上去敲門，裡面卻沒動靜，繞到屋後一看，發現窗戶開著，范爺和太太都躺在床上。我正想睡覺還點著燈實在造孽，燈油如今要十個銅板一斤哩，再定睛一瞧，才發現二人渾身都是

田莊內查案審佃戶

血。我從窗戶爬進屋裡，想找那錢箱，卻只看見我平常用的鐮刀血跡斑斑掉在地上。我想一定是老吳那廝殺了二人，然後捲著錢箱馬匹逃走了。」

喬泰聽到此處，開口欲言，狄公連忙搖頭示意。

「小民明知一定會被當作是凶犯，」裴九低聲說道，「定會挨打受刑，直到招供為止，過後便綁去法場砍頭示眾，淑娘也從此沒了安身之處。於是我將穀倉裡的推車挪到窗下，將屍身從床上搬到車內，記得那婦人尚有一些餘溫。然後去了桑樹林裡，將兩具死屍胡亂堆在樹下，便折回穀倉裡歇息，心想等到天亮後，帶把鐵鍬再過去仔細挖坑埋起。結果第二天一早，我再去桑林時，卻發現兩具屍體都不見了。」

「你說什麼？」狄公叫道，「不見了？」

裴九連連點頭，「真的是不見了。我想定是被人看見，便跑去報了官。我趕緊跑回來，將范爺的衣褲與那把鐮刀捲起，又用婦人的繡袍揩擦床席和地板，但是床席上的血跡擦不掉，我就整個揭了下來，連同其他東西捆成一包，藏在穀倉內的乾草堆裡。我又叫醒淑娘，告訴她說那三人天亮前便起身進城去了。小民說的全是實情，老爺，發誓沒有半句假話！小民沒有殺人，求老爺開恩，別讓他們打我！」說罷伏在地上拚命叩頭。

狄公輕捋長髯，對裴九說道：「你且起來，帶我們去桑林中看看。」

裴九連忙從地上爬起，喬泰興奮地低聲說道：「老爺，我們來蓬萊的路上，遇到的那人就是老吳！問問那幾匹馬是何模樣。」

狄公命裴九細述范仲與婦人的馬匹，裴九答道范仲騎了一匹灰馬，范太太的坐騎則是面有白斑。狄公聞言點頭，示意他繼續朝前走。

一行人沒走多遠，便已來到桑林。裴九指著一片灌木叢，說道：「小民正是將死屍擱在了那邊樹下。」

馬榮彎腰細看地上的枯葉，又撿起幾片給狄公過目，說道：「這些黑斑定是血跡。」「你二人最好在桑林裡查看一番！」狄公命道，「這狗頭不定又在扯謊！」

裴九一聽，立時喊起冤來，狄公卻並不理會，捻著頰鬚思忖半晌，對洪亮說道：「此案看似簡單，實則恐怕未必如此。我們在路上遇見的那人，看去不像是個能殺人越貨又捲走馬匹的冷血凶犯，我看他更似嚇得六神無主。」

半晌過後，林中傳來簌簌之聲，只見馬榮喬泰返回。馬榮舉著一把帶鏽的鐵鍬，興沖沖叫道：「啟稟老爺，林子裡有一小片空地，看去似乎才被人動過，埋入了什麼東西。我還在一棵樹下找到此物。」

「將那鐵鍬給裴九，」狄公冷冷說道，「這狗頭自己埋進去的東西，理應自己再挖出來。前面帶路。」

馬榮撥開灌木叢，一行人朝前走去，喬泰一路拽著魂不附體的裴九。走近一看，空地中央果然有一片鬆土。

「動手快挖！」狄公對裴九喝道。

裴九朝掌心吐了口唾沫，開始揮鍬掘土，很快便露出一件沾有汙泥的白衣。馬榮喬泰從坑內抬出一具屍體，放在旁邊的落葉上。死者是個老頭兒，頭皮剃得精光，身上只裹著貼身衣褲。

「這人是個和尚！」洪亮叫道。

「接著再挖！」狄公對裴九厲聲喝道。

裴九手裡的鐵鍬忽然掉在地上。只聽他喘著粗氣叫道：「這便是東家了！」馬榮喬泰上前，小心地抬出一具男屍來。此人體格魁梧，筋肉結實，渾身一絲不掛，頭顱幾乎被完全砍斷，胸前沾有一片乾凝的血跡。馬榮饒有興致地上下打量幾眼，讚道：「好一條壯漢！」

「將那第三具屍首也挖出來！」狄公叫道。

裴九手握鐵鍬，狠命地向下一插，卻撞在石頭上，下面再無屍體，於是不知所措地望向狄公。

「你這大膽刁民，究竟將那婦人弄到哪裡去了？」狄公怒喝道。

「小民實在不知！」裴九驚叫道，「小民只將東家和太太送到這裡，放在矮樹下邊，並沒埋進土裡去，並且從未見過這個禿頭和尚！小民對天發誓，句句是實！」

「此地出了何事？」背後有人溫文說道。

狄公回頭一看，卻是一個身材矮胖的老者，身穿一件富麗的絳紫繡金錦袍，一副碩大濃密的美髯直垂到胸口，幾乎將下半個臉面完全遮住，頭戴一頂學者的高紗帽，迅速打量狄公一眼，恭敬地斂袖長揖，開口說道：「小民曹鶴仙，雖薄有幾分田產，卻更喜深究理學。想來這位老爺必是新任蓬萊縣令吧？」見狄公點頭，接著又道：「有農戶給老朽送信，道是官府派人去鄰家范仲的田莊裡處理公務，於是老朽便不揣冒昧主動前來，看看可否效勞一二。」說罷伸頭想要窺看橫陳在地的屍體。狄公迅速移步，擋在曹鶴仙身前，斷然說道：「本縣正在調查一起人命案，還請曹先生暫去路旁稍等，本縣隨後就來。」

曹鶴仙再次躬身一揖，邁步離去。洪亮待他走遠後，方才說道：「回老爺，和尚的屍體上不見有暴力痕跡，據我看來，不像是死於非命。」

「待你我回衙後，即可真相大白。」狄公說罷，又轉頭衝裴九問道：「你且說說，那范太太是何模樣？」

「回老爺，小民實在不知。」裴九哭訴道，「范太太剛進莊時，小民並未見到她，等我發現人已死時，卻又滿臉是血。」

狄公聳聳肩頭，命道：「馬榮，你去叫眾衙役過來。喬泰，你看著屍體和這歹人，再命人用樹枝紮成兩個擔架，好生將屍體運回衙院，並將裴九關入大牢。回去的路上跑一趟穀倉，讓裴九說出死者衣物與床席藏在何處。我與洪亮回田莊去查看一下屋內，再問那姑娘幾句話。」

狄公快步趕上曹鶴仙，只見他正在灌木叢中，一邊用長手杖撥開枝葉，一邊小心行走，家僕牽著一匹毛驢候在道旁。

「曹先生，本縣此刻得去范家田莊走一遭，」狄公說道，「公事完畢之後，再去府上造訪。」

曹鶴仙深深一揖，三綹長髯如摺扇般飄灑開來，隨後騎上驢背，將手杖橫置在鞍上，迅速離去，家僕一路小跑跟在後面。

「如此出眾的一副美髯，我平生還從未見過哩。」狄公略帶歆羡地對洪亮說道。

狄公走回田莊的房舍中，命洪亮去田間喚那姑娘，自己先徑去臥房。

只見臥房內擺著一張粗陋的大床，木紋畢現，另有兩條長凳與一張簡樸的梳妝檯，靠門的牆角處立著一張小桌，桌上有一盞油燈。狄公低頭看那大床，眼光落在床頭附近一道深深的刻痕上，裂處看去還是嶄新，似是最近才劃下的刀痕。狄公疑惑地搖搖頭，又踱到窗前，發覺窗上的木門已經斷裂，正要轉身時，瞧見窗下的地上有個摺好的紙包，於是上前撿起，打開一看，裡面露出一柄廉價的女用骨製髮梳，嵌有三枚圓圓的彩色玻璃做為裝飾。狄公看罷，重又包起並納入袖中，不禁疑惑地自問是否真有兩個女子捲入此案中，在茅棚中發現的手帕當為富家女子所有，而這柄粗陋的髮梳，則顯然是農婦村姑所用之物，於是長嘆一聲，走回堂屋，只見洪亮與裴九的女兒已等候在那裡。

狄公見那姑娘十分驚恐，幾乎不敢抬眼看人，便和藹說道：「淑娘，聽妳爹爹說，那天妳給東家做了一頓炒雞塊，味道很是不錯哩！」

淑娘羞怯地望了狄公一眼，不禁微微一笑。狄公接著又道：「山野村食常常比城裡的飯菜要美味得多，我想那位太太也很中意吧？」

淑娘面色一沉，聳聳肩頭答道：「她可是傲氣得很呢，就坐在臥房的凳子上，我上前問好時，根本看都不看我一眼！」

「妳飯後去收拾碗筷時，她也沒跟妳寒暄幾句？」狄公問道。

「那時她已經上床歇息去了。」淑娘應聲答道。

狄公手撫長髯沉思片刻，又問道：「還有一事，妳可認得顧太太？就是曹家的小姐，不久前才嫁到城裡去的。」

「我以前在田裡幹活時，遠遠地看見過她一二回，還有她的兄弟，」淑娘答道，「聽說她待人很和氣，不像城裡的那些大小姐們。」

「且罷，」狄公說道，「現在妳替我們領路，去曹家走一趟，守在茅棚那邊的衙役會給妳牽匹馬來，過後再隨我們一道回城，妳爹爹也會同去。」

第十回
老學究開言談義理　狄縣令解惑釋謎團

曹宅坐落在一個松林覆蓋的小丘之上，狄公驚異地發現原來竟是一座三層塔樓。他命洪亮與淑娘在門房內等候，自己隨曹鶴仙登階而上。

曹鶴仙一邊順著窄梯朝上走去，一邊對狄公述說家史。此處原是一座古老的望樓，每逢打仗時頗有用處，很多年前便已成為曹家的產業，迄今已有數代。曹家世居在蓬萊縣城內，曹鶴仙之父曾是個茶商，當他過世之後，曹鶴仙變賣了城裡的宅院，舉家遷至此處，敘完又道：「待我們上去書房內，老爺便會明白其中緣故。」

二人走入頂樓一間八角形的房中。曹鶴仙一揮長袖，指著窗外的風景，說道：「老爺請看！老朽非得有一隅清靜之地，專門用來潛心思索不可。在這間書齋中，老朽方可心懷天地、廣思萬物，並從中生出許多新鮮創見來。」

狄公客套寒暄幾句，發覺從北窗望出去，那座古廟清晰可見，但廟前的一小段路卻被交口處的樹叢遮擋住了。

二人在堆滿書卷的桌旁落座，曹鶴仙急急說道：「敢問老爺一句，不知京師裡的學人，對於老朽的理學體系有何評議？」

狄公暗想以前還從未聽人提起過曹鶴仙的大名，於是委婉答道：「聽說有人認為先生的學說獨樹一幟、頗有新意。」

曹鶴仙聞言大喜，滿意地說道：「說老朽不囿於前人之論，敢於推陳出新自成一家，此言倒是不虛！」隨即從桌上的茶壺裡倒了一杯清茶，獻給狄公。

「令嬡究竟出了何事，」狄公發問道，「不知曹先生可否見教一二？」

曹鶴仙面露不悅之色，小心翼翼地整一整長髯，略帶尖刻地說道：「老爺明鑑，小女的所作所為，無一不令老朽煩心費神！我本該清靜無擾，誰知常被她攪得心緒不寧，以致無法鑽研學問。我親自教她讀書識字，結果卻又如何？她一向不讀正經書，倒去看些史籍，請問老爺做何感想！史書中所載之前人，皆為頭腦混沌的蒙昧之徒，其言行事跡，亦是可悲可嘆，讀來又有何益，豈不是白白浪費時間！」

「不過，後人常常也可以史為鑑，從中汲取教訓。」狄公字斟句酌地說道。

曹鶴仙聽罷，只是哼了一聲。

「本縣可否再問一事，曹先生為何要將令嬡許配給顧孟賓？」狄公又道，「聽說先生一力排佛，斥之為愚昧無知的崇拜，本縣甚為贊同。但顧孟賓卻是一心向佛。」

「啊哈！」曹鶴仙高聲說道，「要說這樁婚事，全是兩家的婦人們背著老朽一手作弄而成的。女流之輩向來都是愚不可及！」

狄公心想如此說法未免太過武斷，但還是姑且存而不論，又問道：「令嬡與范仲可曾相識？」

曹鶴仙兩手一攤，「老朽哪裡會知道這等事！沒準她與范仲見過一兩面。就在上月，那莽漢為了一塊界石，竟然跑來與我聒噪。老爺明鑑，如我這般潛心治學之人，居然要與什麼界石有所瓜葛，簡直豈有此理！」

「想來二者倒是各有各的用處。」狄公淡淡說道，見曹鶴仙疑惑地瞥了自己一眼，連忙又道，「先生必是藏書甚富，只是對面靠牆的架上，不知為何空空如也，敢問書冊都去了哪裡？」

「老朽以前確有不少藏書，」曹鶴仙漠然答道，「不過所讀越多，所獲越少，常是些庸人之愚見，只會令我誤入歧途。每次耐著性子拜讀完某人的大作後，我便將那些書轉贈給堂兄曹芬。這位堂兄家住京城，其人才思平庸，缺乏創見，只知一味因循前人，實為憾事一樁。」

狄公隱約記起曾與曹芬謀過一面，是在自己的好友大理寺侯主簿做東的一次宴席上。曹芬年事已高，酷愛藏書，一心治學，十分可敬。狄公抬手欲撫長鬚，卻看見曹鶴仙端然危坐，正捋著他的那一副美髯，不由惱怒地停住手。曹鶴仙眉頭微蹙，又開言說道：「老朽在此不妨略議幾句，為老爺深入淺出講個大概，不消說自然是本人的理學心得了。首先，老朽認為天地萬物——」

狄公急忙站起身來，斷然說道：「本縣還有要事在身，必須立即回城，深感抱憾。日後另有機會，再與先生討論不遲。」

二人一路降階而下。狄公拱手道別，又說道：「今日午衙開堂，本縣將會傳喚與令嫒失蹤一事有關的數人，想必先生也願去聽審。」

「那我的學問又該如何？」曹鶴仙責怪似的說道，「老朽實在不該被聽審之類的瑣事攪擾，打亂了心中清靜。再說顧孟賓不是已經娶了小女為妻嗎？她即使有個三長兩短，如今也該由顧孟賓去料理才是。本人理學體系的一大根基，便是人人都應謹承天命，自守本分——」

「告辭了。」狄公說罷，上馬離去。

狄公順著小丘一路馳下，洪亮與淑娘跟在後面。忽然從道旁的松林裡鑽出一個少年，生得眉清目秀，立在地上深深一揖。狄公連忙勒住馬匹，只聽那少年急急說道：「請問老爺，有沒有關於我姐姐的消息？」

狄公聽罷肅然搖頭，曹敏咬咬嘴唇，又衝口說道：「此事全都怪我！懇請老爺一定要找到姐姐！我們以前常同去鄉間，她很擅長騎馬打獵，又極其通情達理，簡直不像個女子，應該生成男兒才是。」說罷喉頭一噎，接著又道：「我們姐弟倆很喜愛鄉下，家父卻總是念念不忘城裡，但是既然家產已盡——」說到此處，回頭朝著曹宅方向不安地望了一眼，急急又道：「小生不該打擾老爺，若是被家父知道了，定會十分惱火！」

「不必多慮，但說無妨！」狄公見曹敏誠摯坦率，不覺心生喜愛，「令姊出閣後，你一定頗覺孤單吧？」

曹敏面色黯然，「回老爺話，姐姐比我更要孤單。她曾對我說過，對那姓顧的並無好感，不過既然有朝一日總得出嫁，況且家父又執意要做成這門親事，嫁到顧家又有何妨？老爺明鑑，她生性便是如此，雖說有些漫不經心，卻總是樂天順命！但是幾日前她回家時，看去卻很不快活，跟我一句也不提有關新家的話。不知她到底出了何事？」

「本縣正在盡力搜尋，」狄公說著，從袖中取出一方手巾，正是在范家田莊茅棚內撿到的，發問道：「這可是令姊用過的羅帕？」

「回老爺，小生完全不知。」曹敏咧嘴一笑，「女子們用的物事，在我看來都十分相像。」

「還有一事，」狄公又問道，「范仲與貴府是否常有來往？」

「他只來過家中一次，說是有事要與家父面議。」曹敏答道，「有時我在田間遇見他，端的是身強力壯，箭法也極精，教人好生喜歡，還曾教我如何做弩。縣衙裡那個姓唐的老朽遠不及他人物出眾，不過常到他的田莊裡去。那老唐看人的樣子，真是古怪得很哩！」

「且罷，」狄公說道，「令姊一旦有了消息，本縣便會盡快告知令尊。再會了。」

狄公回到縣衙，命洪亮將淑娘帶去三班房中暫坐，等候午衙開堂。

馬榮喬泰正在二堂內候命。只聽馬榮稟道：「我二人在穀倉裡找到了血衣和床席，還有一柄鐮刀，那婦人的衣物與顧孟賓所述一模一樣。我又派了一名衙役去白雲寺傳話，命他們派人前來認屍。仵作此刻正在驗屍，裴九那廝已被關入大牢中。」

狄公點頭問道：「唐主簿回衙當差了嗎？」

「我們已派人去告知他有關范仲一事，」喬泰答道，「想來即刻就該到了。不知老爺從那老學究口裡，可曾聽到了什麼消息？」

狄公聞言十分驚喜，這還是兩條大漢中頭一次有人發問，可見對公事頗為上心，於是說道：「沒有什麼，只是發現那曹鶴仙不但傲慢愚蠢，而且還會扯謊。曹家小姐很可能出嫁前就識得范仲，她的兄弟說她婚後與顧孟賓不甚和睦。但這一樁私通案，我覺得仍有不合情理之處，聽過裴九和他女兒的說辭，或許會弄得更明白些。此刻我就寫一份通告文書，發給全州的官府和兵營，請他們緝拿老吳。」

「老吳要是想賣掉那兩匹馬，就會被人逮住。」馬榮說道，「馬販子們的組織甚是嚴密，他們彼此互通聲氣，與官府也有聯繫，還有一套專門給馬匹烙印的特殊標記。若是新手想要將偷來的馬匹脫手，絕非一樁易事，至少我一向是這麼聽說的！」最後言之鑿鑿地加上一句。

狄公微微一笑，振筆疾書一紙通告，又命衙吏拿去抄錄，並立即發往各處。

這時只聽三聲鑼響，馬榮趕緊助狄公換上官服。

范仲身亡的消息已經傳開，大堂內擠滿了前來聽審的百姓。

狄公發籤命獄吏提人，裴九被帶到堂上。狄公命他重述了一遍口供，書辦一一錄下，又高聲宣讀一遍，裴九確認無誤，並在筆錄上按過指印。狄公宣道：「裴九聽著，即使你所述句句屬實，當初發現出了人命後，不但未能及時報官，還企圖藏屍隱瞞，此番行徑亦有錯處，暫且羈押幾日，等候本縣發落。如今且來聽聽仵作的屍報。」

裴九被帶下堂去，沈大夫走上前來跪下，開口說道：「啟稟老爺，死者確為縣衙書辦范仲，小民已仔細驗過屍身，確係被一柄利器猛然割斷喉嚨而死。和尚的屍身由白雲寺首座慧本前來認過，道是寺內的一名施賑僧人，法名叫作慈海。小民也已驗過，發現屍身上下全無青紫傷痕，也無中毒跡象，擬斷為心病猝發而亡。」說罷起身呈上寫好的屍格。

狄公命沈大夫退下，又傳裴淑娘問話。

洪亮帶著淑娘走上堂來。淑娘經過一番梳洗，看去不無幾分姿色。

「我對你說過這妞兒還挺不賴！」馬榮對喬泰低語道，「只要把她們放在河裡洗洗，就跟城裡的娘兒們一樣標緻了！」

淑娘十分畏懼，經過狄公耐心詢問，重述了有關范仲和那女子的情形。狄公又發問道：「妳以前可曾見過范太太？」

淑娘搖搖頭。狄公又問道：「既然如此，妳怎知道那天服侍的女子就是范太太？」

「他二人同睡一床，難道還不是范太太？」淑娘答道。

堂下立時爆出一陣哄笑聲。狄公猛拍驚堂木，怒喝道：「肅靜！」

淑娘難堪地垂下頭去，狄公一眼瞧見她別在髮間的頭梳，於是從袖中取出在農舍臥房裡撿到的那一枚來，樣式卻是一模一樣。

「淑娘，抬頭看這髮梳，」狄公說著，將髮梳舉在手中，「本縣在田莊附近找到的，是不是妳的東西？」

淑娘嫣然一笑，一張圓臉上漾出喜色，心滿意足地自語道：「原來他果真弄到了一把！」忽又面露驚恐，忙用衣袖捂住嘴巴。

「是誰弄來要給妳的？」狄公溫顏說道。

淑娘眼中湧出淚來，叫道：「要是讓爹爹知道了，一定會打我的！」

「淑娘，妳瞧，」狄公說道，「如今妳在公堂之上，本縣有話問妳，妳就得回答。妳爹爹已是有罪在身，妳若是說出實話，對他也有好處。」

淑娘連連搖頭，倔強地說道：「這不關我爹的事，也不關你的事，我不告訴你。」

「快招！不然就讓妳嘗嘗這個！」班頭舉起鞭子衝淑娘吼道，嚇得淑娘尖叫一聲，隨即大哭起來。

「休得動手！」狄公衝班頭喝道，心中十分不快，轉頭望向兩名親隨，只見馬榮拍拍胸口，似有疑問，狄公思忖片刻後，點頭示意。

馬榮立時快步下了高臺，走到淑娘身邊，對她低聲說了幾句。淑娘很快止住哭聲，頻頻點頭。馬榮又低語幾句，輕拍她的後背以示鼓勵，衝狄公擠眼示意，隨即回到原位站好。

只見淑娘用袖子揩揩臉面，抬頭說道：「約莫一個月前，我與阿廣在地裡幹活，他誇我眼睛長得俊，後來去穀倉裡吃粥時，他又誇我頭髮長得好。那天爹爹去了集市，正巧不在家中，我便與阿廣上了閣樓，然後——」略停片刻，把心一橫，「然後我們就待在那裡了！」

「且慢，」狄公問道，「這阿廣是什麼人？」

「老爺不知道阿廣？」淑娘吃了一驚，「人人都認得他！地裡活計多的時候，他常在白天幫人打短工。」

「他可說過要妳嫁他的話？」狄公問道。

「倒是說過兩遭，」淑娘得意地答道，「但我並沒答應，想都別想！我跟他說，我要嫁個手裡有田地的主兒，並且以後不許他夜裡再來偷偷私會。我眼看就要滿二十了，女兒家總得為自己的終身打算。阿廣說他倒不計較我嫁給別人，但若是另有相好，他便會一刀割斷我的喉嚨。有人說他整天偷雞摸狗，又無家無業，但他確實很中意我哩！」

「那這頭梳又是怎麼回事？」狄公問道。

「他這人還真是很有一手。」淑娘想起往事，不覺微微一笑，「上次我們遇見時，他說要送給我一樣稱心的玩意兒，好讓我能記著他，我就說想要一把髮梳，和頭上戴的這個一模一樣，他答應一定給我弄來，哪怕跑到城裡去集市上找個遍！」

狄公點頭說道：「就問這些。淑娘，妳在城裡可有地方暫住幾日？」

「姨媽家就在碼頭邊上。」淑娘答道。

洪亮帶著淑娘離開大堂後，狄公衝衙役班頭問道：「你可聽說過阿廣這人？」

「回老爺，那廝是個凶狠的無賴。」班頭立即答道，「半年前，他打昏了一個鄉下老頭兒並搶走錢財，因此被帶到衙裡抽了五十鞭。兩個月前，西門附近的一家賭館裡有人吵嘴鬥毆，掌櫃因此送了性命，我等疑心也是他做下的案子。阿廣平時居無定所，要麼在野樹林子中過夜，要麼在主家的穀倉裡。」

狄公靠坐在椅背上，把玩著手裡的頭梳，半晌過後，方才坐起宣道：「本縣已查看過命案現場，又聽取了各方證詞，現已斷定，范仲和一衣著與顧曹氏相同的女子，於本月十四日夜裡被阿廣所殺。」

堂下立時發出一陣驚訝的低語聲。狄公一拍驚堂木，又道：「此案另有一節，即首先發現命案的是范仲的男僕老吳，此人隨即盜去范仲的錢箱，並牽了兩匹馬逃走。本縣將派人捉拿罪犯阿廣及老吳歸案，並繼續追查與范仲同行的女子的身分，還有其屍身的下落，以及和尚慈海與本案的關聯。」說罷再拍驚堂木，宣布退堂。

❖

狄公回到二堂內，對馬榮說道：「你好生送那裴九的女兒去她姨母家。有一個女子失蹤，已經夠你我忙碌的了。」

馬榮退下後，洪亮皺眉說道：「適才老爺在午衙上的結語，令我甚為不解。」

「我也一樣！」喬泰附和道。

狄公先喝過一盅茶，方才徐徐說道：「聽過裴九所述，我便斷定老吳並非凶手。假如他當真預備殺人劫財，從州府回來的路上盡可以下手，機會更多且不易被人發覺。其次，老吳是城裡人，更可能用匕首而不是鐮刀。使不慣鐮刀的人，很難用它做為稱手的凶器。再次，只有在田莊裡幹活的人，才會知曉鐮刀收在何處，因此摸著黑也能拿到。」

「老吳發現出了人命後，便盜走錢箱與馬匹，是因為生怕被牽連進去，且又十分貪財，眼見有機可乘，於是生出邪念。」

「老爺說得很是合情合理，」喬泰說道，「但是阿廣為何要殺死范仲？」

「此乃一場誤殺。」狄公解釋道，「阿廣弄到了應許給淑娘的頭梳後，那天晚上便去會她，沒準盤算著獻上此物，便能又得逞一回。他與淑娘定是約下過某種暗號，藉以知會彼此，但是那晚阿廣去穀倉時，看見臥房內亮著燈光，這可是很不尋常，於是他推窗偷窺，半明半暗之中，隱約看見有兩人並臥在床，便認定淑娘又結新歡。他本就性情兇暴，立時便去存放農具的大箱裡抄出一把鐮刀來，跳窗入室，給了床上二人各一刀。我在窗下撿到的頭梳，正是從他袖中滑落的。至於他逃走之前是否發覺自己殺錯了人，尚且不知。」

「多半他很快就發現了！」喬泰說道，「我很清楚那一類人！他們在開溜之前，一定會先瞧瞧屋裡有沒有什麼值錢的東西可拿，定是再一看兩個死鬼，才發現女的並不是淑娘。」

「不是淑娘，又是何人？」洪亮發問道，「還有那和尚，又是什麼來歷？」

狄公擰起兩道濃眉，說道：「須得說尚且毫無頭緒。雖然從衣著服飾、所騎的白斑馬和失蹤的時間等看來，那女子確是顧太太無疑，不過從她父親與兄弟的言語中，我對她的品性頗有了幾分了解。要說她待字閨中時便與范仲有了私情，並且出閣後仍有來往的話，未免與她的性情不符。還有，曹鶴仙即便十分自私，對於女兒失蹤一事如此漠不關心，也顯得有悖常情。我疑心曹鶴仙深知那被殺的女子並非他的女兒。」

「那女子有意不讓裴九和淑娘看清她的模樣，」洪亮沉思道，「可能由於當真就是顧太太，因此不願被人認出。她的兄弟說過，姐弟二人曾常去田間遊獵，想必裴九父女都見過她。」

「確實如此，」狄公嘆息說道，「即使真是顧太太，裴九看見她時正好滿臉血汙，一定也認不出來！關於和尚一事，午膳後我將去白雲寺走一趟，探探虛實。洪亮，你讓守衛預備好官轎待命。喬泰，你和馬榮午後出去打探阿廣的下落，盡早將他緝拿歸案。昨天你二人說過要替我抓個凶犯回來，如今正是大好機會！還可去那古廟裡仔細搜一搜，若是有人盜走了那婦人的屍身，想必也走不多遠，保不定就藏在那古廟裡。」

「我們定能捉住阿廣，回來獻給老爺！」喬泰信心十足地一笑，起身告退。

這時一名衙吏捧進午飯，狄公剛剛舉箸，卻見喬泰忽又折回，「啟稟老爺，方才我經過大牢時，不經意瞥了一眼用來停屍的隔間，卻瞧見唐主簿坐在范仲的屍身旁，正握著死人的手淚流滿面哩。那飯鋪老闆說過老唐異於常人，想來就是說的這事了。看了著實教人心中不忍，老爺此刻還是別去的好。」說罷離開二堂。

第十一回　訪高僧再入白雲寺　享美食初臨大蟹莊

官轎往東門而去。狄公一路緘默無語，唯獨經過橫跨清溪的彩虹橋時，指點洪亮看那前方的白雲寺。只見碧山映襯之下，漢白玉山門與寶藍琉璃瓦鋪就的檐頂十分奪目，景致煞是幽美。

轎子上了石階後，在一處有敞廊環繞的庭院中穩穩落地。知客僧上前恭迎，狄公將大紅名帖遞上，那老僧說道：「法師此刻正在誦經，煩老爺稍候片時。」

老僧引著狄公與洪亮穿過三座大殿。大殿依著山勢而建，一座高過一座，有雕刻精美的漢白玉石階連通彼此。

在藏經閣後方，有一道陡峭的臺階，直通向一方狹長的平臺。這平臺在青苔密布的山石上由人工鑿出，狄公聽見汩汩的流水聲，開口問道：「此地可是有一眼泉水？」

「回老爺，正是如此。」老僧答道，「泉水從這下面的岩石間湧出。四百年前，本寺的開山祖師正是在此地發現了彌勒佛祖的聖像，如今那座聖像就供奉在深谷對面的神龕裡。」

狄公這才看見在平臺與峭壁之間，有一道約莫五尺寬的峽谷，上面架著一座小橋，由三塊木板橫接而成，橋對面有一個幽暗的洞口。

狄公走上木橋，朝下張望。只見這峽谷約有三丈來深，一道清澗在犬牙交錯的大石間奔流而過，氤氳的霧氣從谷底升騰而上，十分清涼宜人。橋對面的洞中有一座金色格柵，裡面垂著猩紅簾幕，不消說掩在其中的定是至尊聖物，即彌勒佛像了。

「那平臺走到盡頭，便是本寺住持的居室。」老僧說著，引路走到一幢小樓前。只見這樓閣坐落於古樹環合的濃蔭之中，上有飛檐斗栱，甚是華美。老僧進去通報後，請狄公入內，洪亮便坐在外面的石椅上歇息等候。

屋內擺著一張精美的烏木雕花長榻，上面設有大紅絲綢軟墊，只見一個矮小圓胖的僧人盤膝坐在正中央，身上裹著一領寬大厚硬的金錦僧袍，頭皮剃得精光，正是白雲寺住持海月法師。海月低頭行禮後，示意狄公在長榻前的一張雕花扶手椅上落座，又轉身將狄公的名帖恭奉至榻後的壁龕內。幾面牆上懸著厚重的絲綢簾幕，上面繡有關於佛祖生平的圖像，室內瀰漫著一股濃重的異國薰香氣味。

老僧端出一張小小的紫檀茶几，擺在狄公的座椅一側，又沏上一杯香茶。海月待狄公呷了一口，方才開言說道：「貧僧擬於明日前去縣衙拜會，不想老爺竟率先駕臨，令貧僧惶恐之至，此番厚意，實在愧不敢當。」說話時聲如洪鐘，出人意表。

海月直視著狄公，眼光中一片溫和友善。儘管狄公是個堅定的儒者，並且一向對佛教鮮少共鳴，此時也不禁心中暗讚這海月法師品格超邁、氣度不凡，於是順口稱頌了幾句白雲寺的格局景致。

海月舉起圓胖的手掌，說道：「凡此種種，全要仰仗彌勒佛祖的大慈大悲。四百年前，佛祖屈尊駕臨人世，顯靈於一座五尺來高的檀木盤膝坐像之上。本寺的開山祖師在石洞中發現此像，於是修建了這白雲寺，以守護我華夏古國的最東方，並庇佑水手船工們出海平安。」又手撥琥珀珠串，輕聲念了幾句佛，接著又道：「敝寺即將舉行一場慶典，貧僧正想恭請老爺賞光駕臨。」

「本縣不勝榮幸。」狄公點頭還禮，「卻不知是何慶典？」

「顧孟賓先生一向虔心向佛，」海月答道，「發願要仿造一座同樣大小的彌勒聖像，並贈與東都白馬寺，必得完成如此一樁大功德而後快。他請的方師傅，乃是山東境內技藝最精的佛像匠人，先來寺中畫了圖樣，又細細丈量一番，然後在顧宅中花了二十日，用杉木雕成坐像。顧孟賓對方師傅待若上賓，完工後還設宴相慶，請方師傅坐了首席。今日一早，顧孟賓已派人將杉木佛像送至敝寺內，裝在一個精美的紫檀木盒中。」

海月點頭微笑，顯見得茲事體大非同小可，接著又道：「一旦擇定吉日，杉木佛像便會在敝寺開光，軍營統領答應將派出一隊兵士護送至京城。舉行開光慶典的日期時辰擇定後，貧僧必會預先告知老爺。」

「啟稟大師，吉日已經選好，」狄公身後響起一個深沉的聲音，「就在明日晚間，二更天的亥正三刻。」

只見一個身材高大豐壯的僧人走上前來，海月口稱這便是白雲寺的首座慧本。

「今日一早，可是你親去縣衙中認屍？」狄公問道。

慧本莊重地點點頭，說道：「回老爺，那慈海確是本寺的施賑僧人。至於他為何三更半夜跑去恁遠的地方，我等實在不知。想來許是哪個農夫請他去那裡做善事，不料路遇劫匪。老爺可是已有了線索？」

狄公緩捋頰鬚，答道：「想是有個不知名姓的第三人，千方百計想要隱匿那具女屍，慈海不巧經過，那人便想奪了袈裟包裹女屍，你也見到慈海身上只穿著貼身衣褲。想必二人有過一場廝鬥，結果慈海心病猝發而亡。」
慧本聞言點頭，又問道：「老爺有沒有瞧見慈海的手杖落在屍身附近？」
狄公回思片刻，乾脆答道：「沒有！」話一出口，卻忽然記起了一樁怪事：當曹鶴仙意外出現在桑林中時，本是兩手空空，但是狄公趕上他同去道旁時，曹鶴仙卻持著一根長手杖。

「貧僧正好另有一事要報知老爺，」慧本說道，「昨天夜裡，有三名歹人溜進本寺，守門僧看見他們翻牆逃走，等到鳴鑼告警時，那伙賊人已經跑入林中沒了蹤影。」
「本縣即刻便去調查，」狄公說道，「能否描述一下那幾人的樣貌衣著？」
「夜裡一片漆黑，守門僧看得不甚真切，」慧本答道，「不過說是均為彪形大漢，其中一人還留著一副亂蓬蓬的大鬍子。」
「那守門僧若是能看得再仔細些，定會更有助益。」狄公不由渾身一緊，「他們可偷去了什麼財物不曾？」
「那幾個歹人對本寺的格局不甚明瞭，」慧本答道，「只摸進後殿亂翻了一氣，那裡不過停放著幾口棺材罷了！」
「萬幸萬幸。」狄公議論了一句，又轉頭對海月說道，「本縣蒙此盛意，明晚一定屆時前來。」說罷起身道別，慧本與老僧引著狄公洪亮行至官轎前。

又經過彩虹橋時，狄公對洪亮說道：「據我想來，馬榮喬泰在天黑之前不會回衙，此刻不妨去北門外的船廠和碼頭走一遭。」

洪亮向轎夫傳話，於是一路朝北，走上城內另一條店鋪雲集的熱鬧大街。

北門外一派繁忙景象。船廠上立著幾艘舊船，下面用木頭撐起，許多赤裸著上身的工匠，正在船身上下裡外來回奔走，號令聲和釘錘聲響成一片。

狄公還是頭一次來到船廠，一邊在人群中穿行，一邊饒有興致地四處看覷。走到盡頭時，只見一艘平底大船側倒在地上，六名工匠正在下面用乾草點火，顧孟賓與金桑站在一旁，正與工頭說話。

顧孟賓一見狄公與洪亮，連忙撇下工頭，跛行著迎上前來。狄公好奇地詢問工匠們為何點火。

「回老爺，這是小民最大的海船之一，」顧孟賓解釋道，「如今放倒在地，將日久附集在龍骨上的野草藤壺等物燒去，不然便會減低船速，清除之後，工匠們再將板縫重新膠合。」狄公走近幾步，意欲細看，卻被顧孟賓拽住手臂，「老爺不可靠得太近！幾年前，一根木梁被燒得鬆動，結果掉了下來，正砸在小民的右腿上，斷處沒有癒合好，從此就不得不靠這竹杖支撐行走了。」

「你這竹杖煞是美觀，」狄公賞鑑道，「這種江南出產的斑竹，此地十分少見。」

「老爺所言甚是，」顧孟賓面露喜色，「誇獎過的人真不少哩。只是此種毛竹製成手杖，未免太過單薄，因此我非得將兩支並在一起才合用。」又壓低聲音說道：「小民去過衙裡聽審，老爺查出的種種情形，令我甚為煩心。拙荊所作所為，實在駭人聽聞，真是我顧家的奇恥大辱。」

「顧先生先不要遽下斷語。」狄公說道，「本縣在大堂上特意申明過，那女子究竟是何人，如今尚未查明。」

「老爺如此用心審慎，小民感激不盡！」顧孟賓連忙稱謝，又迅速瞥了金桑和洪亮一眼。

「你可認得這方羅帕？」狄公問道。

顧孟賓見狄公從袖中抽出一條繡花絲織手巾，湊上前去匆匆一瞧，「認得認得。小民曾買了一整套手巾送給拙荊，這正是其中的一塊。不知老爺從何處得來？」

「原是本縣在古廟附近的道旁撿到的，想來——」狄公說了半句，忽然噤口不言，想起自己忘了詢問海月那古廟是何時何故荒廢的，於是對顧孟賓發問道：「你可聽說過有關那古廟的傳聞？據說裡面還鬧鬼，自然都是些無稽之談。不過，若是當真有人夜間出沒的話，本縣須得查看一番。很可能白雲寺內有些僧人行為不軌，偷偷溜去那裡，做些不可告人的勾當。如此一來，便可解釋死去的和尚為何出現在范家田莊附近，或許他正是在去古廟的半路上！看來本縣最好再去白雲寺一趟，向海月或是慧本問個清楚。海月法師還提到顧先生的虔心善舉，明晚便舉行開光慶典，本縣亦會欣然出席。」

顧孟賓深深一揖，「老爺吃頓便飯再去不遲。碼頭那邊有家上好的飯館，水煮大蟹最是有名。」又轉頭對金桑說道：「你且自去行事，心中該有數吧。」

狄公意欲立時便去白雲寺，轉念一想，與顧孟賓長談一回可能也會有所助益，於是命洪亮先回縣衙，自己跟顧孟賓同行。

飯館是一處臨水的華麗樓閣，此時暮色降臨，狄公與顧孟賓進門時，檐下的彩燈已經點亮。二人在朱漆欄杆邊坐定，涼風習習，拂面而來，河上的船隻來來往往，船尾亮著各色燈光，景象煞是宜人。

夥計送上一大盤熱氣騰騰的鮮紅螃蟹，顧孟賓為狄公掰開幾隻，狄公用銀籤剔出雪白的蟹肉，蘸了薑醋送入口中，果然十分美味，又飲了一小杯黃酒，方才開言說道：「顧先生似乎認定范家田莊裡的女子便是尊夫人。適才因為金桑在旁，有一句話不便相詢，你認為尊夫人紅杏出牆，可有什麼根據不曾？」

顧孟賓眉頭緊蹙，過了半晌方才答道：「回老爺，小民一時糊塗，娶了個家世背景完全不同的女子為妻，因此鑄下大錯。我雖說家資甚富，卻是胸無點墨之人，這次非娶個書香門第的小姐，也是一片爭強好勝之心使然，然而卻是大錯特錯了。新婚才不過三天，我已看出她對新家並無好感。雖然我一力俯就，試圖彼此誠心以見，卻是徒勞無功，」說到此處，忽然語帶酸辛，「她自覺飽讀詩書，因此跟了我是屈身下嫁，沒準出閣前有過私情——」說著嘴角抽動幾下，舉杯一飲而盡。

「身為局外人，對於夫妻間的微妙家事，實在無從置喙。」狄公說道，「本縣相信你自有道理，但確實無法斷定與范仲同行的女子就是尊夫人，且她是否被害身亡亦是不明。至於尊夫人是否可能捲入什麼糾紛之中，你該是比我要清楚。若是果真如此，奉勸你當下說明，既是為她好，亦是為你好。」

顧孟賓迅速瞥了狄公一眼，狄公覺察到他的目光中流露出一絲恐懼，但仍然和緩說道：「小民知無不言，已經盡告老爺了。」

狄公起身說道：「眼見河上已是霧氣迷濛，本縣還是即刻回去的好，多謝顧先生一番盛情款待！」

顧孟賓將狄公送至轎前。轎夫抬起官轎，橫穿全城去往東門，一路上走得飛快，人人急著趕緊交了差好去用飯。

白雲寺的守門僧見狄公去而又返，不由得驚詫莫名。

天王殿前空無一人，後方更高處的大雄寶殿內傳來一片嗡嗡的誦經聲，眾僧顯然正在做晚課。

一個面目陰沉的年輕和尚走來，告知狄公說海月與慧本正領著眾僧做課，請狄公先去海月的居室內用茶。

二人默默穿過空寂的庭院。快到菩薩殿時，狄公突然停住腳步，出聲叫道：「後殿失火了！」

只見濃煙捲著火舌，正從地面冒出，在空中不斷翻滾升騰。

那僧人微微一笑：「那是為了預備要焚化慈海的屍身。」

「本縣還從未見過焚屍，」狄公說道，「不妨去瞧上一瞧。」正要走上臺階時，不料手臂卻被拽住。

「此典儀外人不得觀看。」那僧人說道。

狄公一拂衣袖，冷冷斥道：「你年幼無知。切記此刻站在你對面的乃是本縣縣令，

焚屍爐內烈火熊熊

還不前頭引路。」

後殿前的大爐內生著旺火，一名僧人正在用力拉風箱，旁邊放著一隻陶罐，還有一口長方大箱。

「屍體在何處？」狄公問道。

「就在那紫檀木箱裡。」年輕僧人鬱鬱答道，「今日午後，衙裡派人將屍身送來，焚化之後的骨灰會收在罐內。」

一股熱浪迎面撲來，使人不堪。

「現在領本縣去海月法師的居室。」狄公命道。

年輕僧人引著狄公走上平臺，便告辭去尋海月，似乎全不記得獻茶一事。狄公倒也不以為意，獨個兒在平臺上踱來踱去，剛剛領略過焚屍爐邊炙人的灼熱，此刻迎面吹來從深谷中逸出的溼氣，自是格外涼爽悅人。

這時突然傳來一聲微弱的尖叫。狄公靜立諦聽，卻只聞得谷底的潺潺水聲。又是一聲尖叫，音量漸大，最後轉為低吟，直至沉寂，正是從那供奉彌勒佛像的山洞方向傳來。

狄公快步踏上直通洞口的木橋，剛走了兩步，卻猛然止住腳步。一片迷濛的薄霧之中，只見死去的王縣令正立在橋對面。

狄公呆望前方，只覺一陣恐懼攫住心臟。那鬼魂仍是一身灰袍，眼眶裡似是空洞，茫然瞪視，凹陷的面頰上顯出點點屍斑，令人驚駭欲絕。只見它緩緩舉起一隻透明的枯手，一邊指向橋下，一邊緩緩搖頭。

狄公低頭去看鬼手所指之處，只瞧見幾塊闊木板，抬頭再看時，鬼魂似已消散在霧中，不見了蹤影。

狄公渾身一竦，打了長長一個冷顫，伸出右腳，輕踩一下橋面中間，那塊木板立時脫墜下去，直直跌落在三丈來深的谷底岩石上。

狄公望著腳前的斷橋，默默呆立半晌，方才緩步退回，抬手揩去額上的冷汗。

「煩老爺久等，小僧深感抱歉。」只聽有人說道。

狄公轉頭一看，卻是慧本立在身後，於是抬手指著橋斷處，一言不發朝他示意。

「小僧已向海月法師說過數次，」慧本惱怒地說道，「那幾塊朽壞的板子須得更換，否則不出幾日，定會釀出大禍來！」

「的確只差一點就釀出大禍，」狄公冷冷說道，「幸好本縣走到中途略停了一下，只因聽見石洞裡傳出叫聲。」

「回老爺，那不過是幾隻鴟鴞罷了，」慧本說道，「牠們不巧在洞口附近築了巢。

海月法師還得禮佛祝禱，一時脫不開身，小僧可否為老爺效勞一二？」

「那就有勞你了，」狄公答道，「還望代本縣向海月法師致意則個！」說罷轉身朝石階走去。

第十二回

錯殺二人至死不悟　追查行跡仍舊無蹤

馬榮將淑娘送至她的姨母家，不料老婦人十分歡喜，非要留下馬榮吃粥不可。於是喬泰便在三班房內等候，與班頭一起吃了飯。馬榮剛一回來，二人便一同出了衙院。

走上大街後，馬榮說道：「你可知道我臨走時，淑娘對我說了什麼話？」

「說你是個大大的好漢。」喬泰隨口答道。

「老兄對女人家果然一竅不通，」馬榮傲然說道，「她們心裡想著一套，嘴上卻不肯直說，起碼初識時候常是如此。淑娘說我人很和善哩。」

「老天爺！」喬泰驚叫道，「你？和善？這可憐見的傻丫頭！不過我倒不必擔心，既然你手裡沒有幾畝田地，就根本沒有機會，只是痴心妄想罷了。她想要什麼東西，你也聽見過的。」

「但我還有別的東西。」馬榮喜孜孜說道。

「奉勸你腦子裡先把女人放下，」喬泰咕噥道，「班頭告訴我不少關於阿廣的事，我們想要尋到他，不能只在城裡轉悠。他只是偶爾進城來喝酒賭錢，並不長住，在鄉下才是如魚得水，必有藏身之處。」

「既然那廝是個鄉巴佬，想必不會離開蓬萊，」馬榮說道，「一定是去了城西的林子裡。」

「為何一定是城西？」喬泰問道，「就他眼下所知，還沒人疑心他與那起命案有所關聯。換了我的話，會在附近找個地方暫且躲避幾日，探探風聲再說。」

「那樣說來，我們不如先去古廟裡查看一番，」馬榮說道，「正好一舉兩得。」

「難得你言之有理一回，」喬泰挖苦道，「我們這就前去。」

二人從西門出了城，騎馬沿著官道下去，直走到位於岔路口的兵營值房，將馬匹留在那裡，然後步行至古廟，一路靠左而行，為的是隱在樹後不被人發覺。

行至破敗的山門前時，喬泰低聲道：「我還聽班頭說，阿廣雖十分蠢笨，卻很會做木匠活，也會打架，使起刀子來很有一手，所以你我還是小心為妙。若是他果真藏在廟裡，摸進去時可別讓他看見。」

馬榮聞言點頭，躡手躡腳鑽入山門旁的灌木叢中，喬泰緊隨其後。

二人在茂密的林中費力走了半晌，馬榮舉手示意，又輕輕撥開樹枝，衝喬泰點點頭。二人一同仔細打量，只見庭院內苔蘚叢生，對面立著一座大殿，石牆看去久經風雨剝蝕，一道殘破的石階直通向黑洞洞的殿門，門板早已不見蹤影，四周寂靜無聲，只有幾隻白色的蛺蝶在長草間撲稜稜上下翻飛。

馬榮撿起一塊石頭，對著高牆擲去，咔啦幾聲掉在臺階上。二人一邊靜等，一邊緊盯著殿門。

「我聽見裡面有動靜！」喬泰低聲道。

「我先進去探探虛實，」馬榮說道，「你繞到側門再進來，如果發現什麼東西，就打個呼哨。」

喬泰朝灌木叢右邊挪去，馬榮則朝左而行，估算著快到大殿的左角處時，方才鑽了出來，貼著高牆小心地行至石階前，側耳細聽片刻，周圍靜悄悄的，於是快步上了臺階，進入殿內，又背靠門邊的牆壁站定，待兩眼逐漸適應了暗處，方才看見大殿內除了靠牆的舊神壇外空無一物，四根粗大的柱子支撐起屋頂，天花板上有橫梁彼此連接。

馬榮離開藏身之隅，朝神壇旁邊洞開的一扇小門走去，經過大柱時，只覺頭頂微風掃過，腳下迅速閃過一旁，抬頭去看時，卻見空中飛下一條黑影，正撞在自己左肩上。

馬榮重重倒地，渾身上下跌得生疼，那企圖偷襲他後背的大漢也跌在了地上，卻搶先一步翻身爬起，站穩腳跟又跳上前來，意欲扼住馬榮的脖頸。馬榮飛起兩腳踹在那人的小腹上，將他凌空過頂踢了出去，正待站起時，那人竟又撲將上來。馬榮看準他的大腿根一腳踢去，不料對方迅速閃開，直撲到跟前死命抱住馬榮的上身不放。

二人大口喘著粗氣，都想勒住對方的脖頸。那大漢雖與馬榮一般高大粗壯，卻並非行家裡手。馬榮漸漸逼他朝供桌邊退去，顯得似是無法將手臂從大漢的緊箍中掙脫出來。當那人後背碰到供桌一角時，馬榮突然掙出兩臂，從對手腋下穿過並扼住他的脖子，努力踮腳站起，手上使力，迫得對方上身朝後傾去。待那人兩手完全鬆開時，馬榮全身壓上，朝前猛推。只聽一聲悶響，大漢全身一軟，再無力氣。

馬榮鬆開兩手，讓大漢順勢滑下，氣喘吁吁地立在地上，低頭看去時，只見那人躺在地上，雙目緊閉。

忽然，那人動動雙臂，做了個古怪而無力的姿勢，重又睜開兩眼。馬榮蹲坐在他身旁，心知這人快不行了。

大漢用一雙小眼冷冷盯住馬榮，乾瘦黝黑的臉面抽動幾下，口中咕噥道：「我的腿動不了！」

「須是怪不得我！」馬榮說道，「看你這情形，咱們扯不了幾句，不如明說了吧。我乃是縣衙裡的差人，你就是阿廣，對不對？」

「你合該爛在陰曹地府裡！」阿廣說罷呻吟起來。

馬榮走到門口打個呼哨，又回到阿廣身邊坐下。

阿廣見喬泰跑進門來，又接著咒罵兩句，然後低聲說道：「你那招投石探路再老套不過。」

「你那招泰山壓頂也不新鮮。」馬榮反脣相譏，又對喬泰說道：「他挺不了多久。」

「至少我宰了淑娘那賤婊子！」阿廣咕噥道，「又找了個相好尋歡作樂，居然還躺在東家的大床上！對我來說，閣樓裡的乾草堆已經夠舒服了！」

「你黑燈瞎火的看走了眼，」馬榮說道，「不過我也不與你囉唣這些了，閻王爺自會對你原原本本道個明白。」

阿廣閉目呻吟，喘氣說道：「我身子骨結實，死不了！兄弟，我沒弄錯，那一刀就割斷了她的脖子，都切到骨頭上了。」

「你倒是很會使鐮刀，」喬泰開口說道，「和她睡在一起的是誰？」

「這我可不知道，我也管不了這許多。」阿廣緊咬牙關，喃喃說道，「他也吃了一刀，血從喉嚨裡直噴出來，還濺了淑娘一身，這小娼婦活該有此報應！」說罷咧嘴想笑，忽然渾身一顫，面色變得死灰。

「還有誰在這裡出入過？」馬榮隨口問道。

「實話告訴你這蠢貨，除了老子我，再沒別人。」阿廣咕噥道，突然驚恐地盯著馬榮，「我不想死！我怕！」

馬榮喬泰默默注視著阿廣，神情肅然。

阿廣嘴角歪斜著一笑，整個面目變得扭曲，手臂抽動幾下，終於不再動彈。

「這廝到底還是死了，剛才差點要了我的命。」馬榮嘶啞說道，站起身來，「他平躺在一根高高的橫梁上，伺機偷襲，但是跳下之前弄出了一點響動，我這才閃開了半步，還好為時不晚。要是讓他撞個正著，定會讓我斷成兩截！」

「如今是你讓他斷成了兩截，算是打個平手。」喬泰說道，「既然老爺吩咐過，我們就在這廟裡四處搜搜。」

二人一路看過中庭與後院，連空禪房和廟後的小樹林也沒漏掉，可惜除了幾隻驚散的田鼠外，仍是一無所獲。

二人又回到大殿內，喬泰若有所思瞧著供桌出神，說道：「有件事你可記得？這供桌後常有一個深窖，和尚們在兵荒馬亂時用來藏些銀燭臺銅香爐之類。」

馬榮點頭說道：「最好瞧上一瞧。」

二人將供桌推開，後面的磚牆下果然有個很深的窖子。馬榮彎腰朝裡細看，咒罵一聲，憤憤說道：「這裡面竟然塞了一堆和尚用的破禪杖。」

二人從山門出來，走回兵營值房，對那管事的什長道是阿廣已死，並囑他派人將屍身送去縣衙，然後上馬回城，進西門時，天已完全黑了。

行至衙院門前，二人正遇見洪亮。洪亮道是剛從船廠回來，老爺留在那裡與顧孟賓一道用晚飯。

「今天我吉星高照，」馬榮說道，「不如我請你們兩位去九華莊，好好地吃上一頓再說。」

三人一進飯館，卻見白凱與金桑同坐在角落裡，面前擺著兩大壺酒。白凱歪戴著帽子，看去興致甚好，欣然叫道：「歡迎二位朋友！快快過這邊來！金桑剛到不久，你們可勸他多飲幾杯！」

馬榮走上前去，對白凱厲聲說道：「昨晚你醉得不省人事，大大得罪了我們兄弟，還高聲唱些下流曲子，攪得人清靜不得，非得罰你一回不可，今日酒錢歸你，飯錢歸我，如何？」

眾人大笑起來。掌櫃送上幾樣簡單卻美味的飯菜，五人喝過數巡。白凱再要一壺時，洪亮起身說道：「我們還是回衙吧，老爺就快回去了。」

「老天！」馬榮叫道，「一點不錯！我還得稟報在廟裡的遭遇哩！」

「你二人到底還是佛光普照去了？」白凱半信半疑地說道，「說來聽聽，哪家寺廟有幸受了你們的燒香許願？」

「我們在破廟裡捉住了阿廣，」馬榮說道，「那廟真是荒廢已久，除了一堆破禪杖之外，什麼東西都沒有！」

「這線索可是要緊得很哩，」金桑笑道，「你家老爺聽了，定會大喜過望！」

白凱見三人要走，正欲離席相送，卻聽金桑又道：「來來，白兄，你我再稍坐片刻，此處甚佳，不妨多飲幾盅。」

白凱猶豫片刻，重又坐下，說道：「也好，那就再來最後一小杯，切記我從不贊成狂喝濫飲。」

「若是今晚我二人再無差事，過後一定再來，」馬榮說道，「只想看看你二人如何乾那最後一杯！」

三人返回衙院，見狄公正獨坐在二堂中。洪亮發覺老爺面色灰暗，顯得十分疲憊，但是聽過馬榮稟報阿廣一事後，卻又漸露喜色，開口說道：「如此看來，我對於誤殺的推斷果然不差，不過那女子仍是下落不明。阿廣殺人害命後，立時便逃走了，甚至連錢箱也沒拿走，對於後來的事自然一無所知。盜去財物的老吳不定見過捲入此案的第三人，等他被捉拿歸案時，便可真相大白了。」

「我二人在廟裡和周圍的林子裡到處搜遍，沒看見有女人屍首。」馬榮說道，「只是在供桌後面，發現了一堆和尚們常用的破禪杖。」

狄公直坐起來，疑惑地叫道：「和尚用的禪杖？」

「回老爺，都是些廢舊不用之物，」喬泰插話道，「而且全是破的。」

「真是奇怪！」狄公沉思半晌，精神一振，對馬榮喬泰又道：「你們倆辛苦了一天，趕緊回去好好歇息一下。我與洪亮再議幾句。」

待兩名親隨告退後，狄公又靠回椅背，對洪亮講述了一番在白雲寺裡險些跌落斷橋的經歷，最後說道：「我再說一遍，這是特意做下的手腳，專為取我性命。」

洪亮擔憂地望了狄公一眼，說道：「不過，那木板也可能真的已經朽壞，結果老爺放腳上去一踩——」

「並非如此！」狄公斷然說道，「我只是試探著輕輕踩了一下而已。」看洪亮一臉不解，又加上一句：「就在我剛要過橋時，看見了王縣令的鬼魂。」

這時只聽「哐啷」一聲，不知哪裡的門扇砰然關閉，餘音猶自回響。

狄公猛然坐起，怒氣沖沖地說道：「我明明跟唐主簿講過，教人把那扇門修理一下！」一見洪亮驚得面色煞白，便住口不語，端起茶盅送到嘴邊，一眼瞥見茶湯上浮著些灰色的碎末，不覺呆望半日，方才緩緩放下，低聲說道：「洪亮，你看，有人在茶裡放了什麼東西。」

二人默默看著那些灰色粉末漸漸溶化在熱茶裡。狄公突然伸手在桌面上一抹，然後淡淡一笑鬆了口氣，自嘲地說道：「都怪我疑神疑鬼，洪亮。那門剛才猛地一關，將房上的灰泥給震落下來了，如此而已。」

洪亮聞聽此言，也長出了一口氣，走到桌案前，為狄公重又沏上一杯茶水，方才坐下說道：「那斷橋之事不定也是一樣，自有合情合理的解釋。我實難想象凶手謀害了王縣令之後，居然還敢再對老爺下手！我們對他究竟是何人，尚無一絲頭緒，並且——」

「但他對此也不知情，」狄公插言道，「並且他也不知朝廷派來的查案官會留些什麼線索給我，沒準以為我現在按兵不動只是為了等待時機。那人無疑正密切注意著我的一舉一動，並因為某些行動而視我為絆腳石。」說罷輕捋幾下長髯，接著又道：「如今我要盡量出頭露面，引得他伺機再次下手，於是便可能露出馬腳來。」

「老爺萬不可冒此風險！」洪亮駭然叫道，「那歹人定是心狠手辣，且又詭計多端，天曉得又在謀劃什麼新伎倆了！並且我們尚不知道——」

狄公似是聽而不聞，突然起身擎起燭臺，斷然說道：「洪亮，你隨我來！」說罷快步穿過庭院，直奔內宅，洪亮緊跟在後。

狄公穿過漆黑的廊道，一徑走到書齋，立在門口，先舉起燭臺四下打量一番，只見家什物品都在原處未動，方才行至茶爐前，命道：「洪亮，將那把座椅挪過來。」

洪亮將座椅挪到櫥櫃前，狄公踩上去，秉燭細看房上的朱漆橫梁，興奮地說道：「把你的小刀給我，再拿一張白紙來！替我舉著燭臺照亮。」

狄公將白紙平鋪在左掌中，右手握刀，用刀尖輕刮著橫梁表面，然後下了座椅，小心地用紙把刀尖指淨，將小刀還給洪亮，又把白紙摺好並納入袖中，問道：「唐主簿可否還在公廨內？」

「回老爺，我過來時，瞧見他還坐在桌前未去。」洪亮答道。

狄公快步走出書齋，行至公廨。只見唐主簿正蜷縮在椅中呆望前方，案頭燃著兩支蠟燭，看見二人進來，急忙從座中立起。

狄公見他面色憔悴，不無體恤地說道：「唐主簿，忽聞下屬橫遭不幸，想必令你震驚不小，還是回家去早早歇息的好。不過，我想先問你幾件事，王縣令出事前不久，有沒有教人修繕過書齋？」

唐主簿皺皺眉頭，隨即答道：「回老爺，出事前不久並未修繕過。那還是在半月之前，王縣令對我道是有位訪客提起房頂上有一片地方脫了色，並答應會派個漆匠來修補，等那漆匠來做活時，若是他正忙於公務，便讓我帶人進來。」

「那訪客卻是何人？」狄公追問道。

唐主簿搖頭答道：「回老爺，小人委實不知。王縣令在當地名流中人緣頗佳，幾乎人人都拜會過他，常在早衙後去書齋裡吃茶閒談，王縣令時常親自為客人烹茶，比如海月法師，慧本法師，船業主易先生和顧先生，曹先生，還有——」

「想來那漆匠應是有跡可循，」狄公不耐煩地插言道，「蓬萊一帶不生漆樹，本地的漆匠想必不會太多。」

「正是因此，王縣令十分感謝那人的好意，」唐主簿說道，「我們根本不知道當地還有漆匠。」

「你去問問衙內守衛，」狄公命道，「他們至少曾經見過那漆匠！然後去二堂報知於我。」

狄公回到二堂，在書案旁坐定，對洪亮急急說道：「正是掉在茶杯裡的灰塵令我茅塞頓開。那歹人瞧見煮茶的熱氣蒸得房上漆皮變色，皆因王縣令的銅茶爐從不挪動地方，於是就想出這麼一條毒計來！他讓一個同伙扮成漆匠，偽稱前來修補房頂，乘機在茶爐正上方的屋梁上鑽了一個小孔，放幾隻小小的蠟丸進去，蠟丸內事先灌好毒藥，如此一來便大功告成了！他深知王縣令讀書興濃時，常常等到水滾多時，才會走到爐前倒水沏茶，灼熱的水汽早晚會將封蠟化開，蠟丸一旦掉進滾水中，立時便會化掉，不留一點痕跡，既簡便易行又萬無一失！方才我果然發現屋梁上有個小孔，就在漆皮變色處的正中央，邊緣還殘留著一小塊蠟。王縣令就是這樣被害身亡的！」

這時唐主簿進來稟道：「回老爺，有兩名守衛還記得那漆匠，說是在王縣令出事前大約十天時來過一遭，當時王縣令正在主持午衙開堂。漆匠是個高麗人，從碼頭邊的一條船上過來，只會說幾句漢話。由於我事先交代過此事，守衛便領他去了書齋，一路跟得很緊，免得那人順手牽羊拿走什麼東西。他在橫梁上修補了半日，然後爬下梯子，口中嘀咕著損毀得實在厲害，應將整個房頂都重新刷漆才是，然後便出門而去，從此再沒見過。」

狄公聽罷，朝椅背上一靠，鬱鬱說道：「又是死路一條！」

第十三回
兄弟結伴再登花船　情侶歡會不意反目

馬榮喬泰興沖沖地趕回九華莊，正進門時，喬泰欣然說道：「這下你我可以好好地喝上一回了！」

二人走入店內，卻見金桑一臉不悅，抬手一指旁邊，只見白凱埋頭伏在桌上，面前擺著一排空壺。

「白兄一氣灌下了許多，」金桑懊悔說道，「勸他慢用，他也不聽，如今脾氣大壞，我也無能為力。若是你二位肯幫忙照看他一下，我這就告辭了。說來好生可惜，那高麗姑娘正等著我們去哩。」

「哪個高麗姑娘？」喬泰問道。

「就是二號花船上的玉素姑娘。」金桑答道，「今晚她告了假，說是要領我們逛逛高麗坊中的幾個好去處，連我都聞所未聞的。我已僱了一隻駁船，預備載眾人過去，還可在河上飲酒作樂。此刻我得去告訴他們，今晚不能成行了。」說罷站起身來。

「既然如此，」馬榮機靈地說道，「我二人可以幫你叫醒他，再說明其中緣故。」

「我已經試過了，」金桑說道，「不過有言在先，此時他脾氣壞得很哩。」

馬榮戳戳白凱的肋條，又揪著衣領拽起，衝他耳邊大聲叫道：「老兄醒醒！咱們出門喝花酒去！」

白凱睜開一雙醉眼望著三人，著意含混不清地說道：「讓我再說一遍，再說一遍，你們真是討厭透頂！全是一群下流酒鬼，跟你們混在一起，沒的玷辱了我。大家從此一刀兩斷，哪個我都不理了！」說罷重又埋頭伏在桌上。

馬榮喬泰聽得哈哈大笑。馬榮對金桑說道：「若是他這麼想，你還是隨他去吧！」又對喬泰說道：「我們就在此處清清靜靜喝上兩杯，到了該走的時候，想必這廝也該醒過來了。」

「只是因為白凱而去不成高麗坊，未免可惜，」喬泰說道，「我們還從沒去過那裡。金桑，就算沒有白凱，你能不能帶上我二人走一遭？」

金桑撇一撇嘴，答道：「這可不大容易。你們想必聽說過有條不成文的規矩，高麗坊中的事務謝絕外人插手，至於縣衙裡的差役，除非是里長開口請來幫忙，否則不得擅自進入。」

「豈有此理！」喬泰說道，「我們可以扮成平常百姓過去，脫了帽子再紮起頭髮，誰也認不出來。」

金桑面露猶疑之色，馬榮叫道：「好個主意，那就走吧！」

三人正要起身，白凱忽然抬起頭來。

金桑拍了拍白凱的肩頭，勸慰道：「你在此處好好休息一陣，等睡到酒醒再起來也不遲。」

白凱跳起來推翻座椅，手指顫顫地指著金桑，開口叫道：「你這背信棄義的好色之徒，明明答應過要帶我同去的！別以為我看著像是喝醉了，就來戲耍作弄，休想！」說罷抄起一隻酒壺，對著金桑比比劃劃。

眾食客紛紛朝這邊觀望。馬榮咒罵一聲，一把奪下白凱手中的酒壺，怒道：「真是沒法子，我二人一路拽著他就是了。」說罷便與喬泰一左一右挾起白凱，金桑自去付了酒帳。

四人走到外面，白凱又涕淚交流地埋怨道：「我難受得很，實在走不動了，只想躺在船上。」說罷索性坐在大街中央。

「那可不行！」馬榮一邊拽他站起，一邊得意地說道：「今早我們已經修好了水門，你那進出方便的耗子洞如今堵了個嚴嚴實實。勸你還是動一動這身懶骨頭，好處多著哩！」

白凱聽罷，索性扯開嗓子哭叫起來。

「給這廝僱一乘小轎得了！」喬泰對金桑憤憤說道，「你們先去東門口等著，我二人去跟守卒打個招呼，好讓他放行。」

「幸好有你們同來，」金桑說道，「我尚不知鐵柵上的缺口已經修過。那就東門口再會。」

馬榮喬泰一路朝東而去。馬榮斜眼瞅瞅喬泰，只見喬泰一言不發，只管邁步疾走。

「老天爺！你不會又是動心了吧！」馬榮忽然說道，「雖說倒不是常常動心，但是一動起來就不可收拾！我跟你說過多少回了，要悠著來，處處留情留不多，如此這般才能盡享其中快活，而不是自尋煩惱。」

「我也是不得已，那姑娘令我十分中意。」喬泰低聲道。

「罷了，就隨你自便吧，」馬榮無奈地說道，「但是過後可別說兄弟我沒提過醒。」

二人走到東門，見金桑正在與守卒大聲理論。白凱坐在一乘小敞轎上，放聲唱著下流小曲，兩個轎夫聽得樂不可支。

喬泰對守卒道是他二人奉了官府之命，要帶白凱去溪流對岸與某人對質。守卒雖然面有疑色，但還是放他們出城去了。

付過轎金之後，四人穿過彩虹橋，在對岸另僱了一條船。這時馬榮喬泰將黑便帽摘下塞入袖中，又用一截油繩將頭髮繫住。

只見一條高麗大船停靠在二號花船一側，上面懸著一串彩燈。

金桑登上甲板，馬榮喬泰挾著白凱，也跟了上去。

只見玉素俏立在欄杆旁，身穿一件高麗式的印花白綢長裙，用絲帶在豐胸下繫成一個漂亮的大蝴蝶結，兩端飄然垂地，烏髮盤成高髻，耳後簪著一朵白花。喬泰瞪大兩眼痴痴相望，心中讚嘆無已。

玉素淺淺一笑，迎上前來，說道：「我竟不知你兩個也一道來了，為何頭上要纏著那古裡古怪的東西？」

「小聲點兒！」馬榮說道，「可別告訴旁人！我們是喬裝改扮後才來的。」又對二號花船的老鴇叫道：「太太快叫我那胖妞兒到這邊來！我要是暈了船，還得讓她幫忙扶著頭哩！」

「去了高麗坊，還愁沒有姑娘！」金桑不耐煩地說道，又對三名船夫喊了幾句高麗話，於是船夫將駁船推開，划起槳來。

甲板上有張上過漆的矮桌，周圍擺著幾隻絲綢軟墊，金桑、白凱與馬榮上前盤腿坐下。喬泰正要過去，玉素卻衝他指指艙門，噘著小嘴說道：「你不想瞧瞧高麗船是什麼樣子嗎？」

喬泰瞥了那三人一眼，只見白凱正在倒酒，金桑與馬榮聊得興起，便走到玉素身邊，低聲說道：「這會子沒了我也無妨，就跟妳去。」

玉素看著喬泰，眼中熠熠有光，喬泰只覺得平生從未見過如此美麗動人的女子。玉素下了樓梯，走入艙房，喬泰也跟著進去。

房內有兩盞絲製彩燈照亮，擺著一張低矮寬大的烏木雕花長榻，上面嵌有螺鈿為飾，榻上鋪著厚密的葦席。牆上懸有繡花織錦，朱漆妝檯上立著一隻古雅的銅香爐，裡面冒出裊裊青煙，散發出一股略為刺鼻的薰香氣味。

玉素走到妝檯前，整一整簪在耳後的白花，轉頭笑問道：「戴在這裡可好？」

喬泰望著玉素，眼中愛憐橫溢，忽然感到一陣莫名的痛楚，嘶啞說道：「如今我才知道，妳還是穿著本族的衣裙，在自家地方時最中看。奇怪的是高麗女子總穿白衣，對我們漢人來說，白衣卻是作喪服用的。」

玉素連忙湊上前去，伸出纖纖玉指按在喬泰脣上，低聲道：「別說這不吉利的話！」喬泰緊緊摟住玉素，吻上她的櫻脣，半日方歇，又走到榻前坐下，將玉素擁在身側，附耳低聲說道：「等回到那邊的船上，整晚我都會守著妳！」

喬泰想要再度親近時，玉素卻將他一把推開，起身低語道：「你與人相好時，總是恁般冷冰冰的？」說罷解開胸前的蝴蝶結，雙肩忽地一抖，長裙滑落到地上，一絲不掛立在喬泰面前。

喬泰跳下地來，抱起玉素置於榻上。

上次歡會時，玉素還頗為拘謹，此時卻像喬泰一般火熱。喬泰只覺從未如此傾心愛慕過任何一個女子。

一時雲散雨收，二人雙雙並臥。喬泰發覺船行漸慢，心想該是靠近高麗坊的碼頭了，又聽見甲板上傳來一陣喧鬧，正想翻身坐起，去撿扔在榻前地上的衣褲，玉素卻伸出兩條玉臂，從背後環住他的脖頸，悄聲說道：「別撇下我一個人！」

只聽頭頂上一聲巨響，接著又是怒罵叫喊之聲。金桑突然闖進門來，手中舉著一把長刀。玉素的手臂也驟然勒緊，像鉗子一般死死箍住喬泰的脖頸，對金桑叫道：「還不快幹掉他！」

喬泰試圖掰開玉素的雙臂，剛剛掙扎坐起，但是玉素的全身分量壓得他又倒下去。這時金桑衝到榻前，舉刀直刺向喬泰胸口。喬泰奮力一扭上身，想將玉素甩開，金桑一刀刺下時，玉素的身體正好擋在喬泰前面，於是刀尖便直直插入了她的身側。金桑拔出刀來，踉蹌後退幾步，瞪著雪白肌膚上湧出的鮮血，似是無法置信。喬泰終於甩脫了那兩條軟綿綿的胳膊，從榻上一躍而起，抓住金桑持刀的手腕。金桑回過神來，衝著喬泰的右眼猛擊一拳，右腕卻被喬泰兩手握住，用力一擰，刀尖便掉轉回去，指向自家胸口。金桑雖用左手回擊，但是喬泰猛地朝前一送，利刃便深深刺入了金桑的前胸。

喬泰將金桑推到牆邊，轉頭去看玉素。只見她手捣創口，半身猶在榻上，指縫間滲出股股鮮血。

玉素抬頭望著喬泰，眼神古怪，雙唇翕動，含混地說道：「我非這麼做不可！我國需要軍械，高麗必得復興！不要怪我——」口唇抽動幾下，叫道：「高麗萬歲！」隨後喘息一聲，渾身一陣顫抖，仰面倒下。

喬泰聽見馬榮正在甲板上高聲怒罵，來不及穿上衣褲便奔出門去。只見馬榮正與一個身材高大的船夫拚命扭打。喬泰上去一把箍住那人的脖子，又用力一扭，眼見他癱倒下去方才鬆手，順勢一腳踢入水中。

「我已經收拾了一個，」馬榮喘息說道，「還有一個定是跳進水裡去了。」

喬泰見馬榮的左臂上一片殷紅，於是叫道：「到下面來，我替你包上！」

金桑仍舊靠牆坐在原地，俊秀的面孔變得扭曲，兩眼無神地盯著玉素的屍身。

喬泰見金桑嘴唇翕動，彎腰湊上前去，切齒說道：「軍械藏在哪裡？」

「軍械？」金桑喃喃說道，「哪裡來的軍械！只是個幌子罷了！專為引她上鉤的，她卻信以為真。」說罷一陣呻吟，握著刀柄的兩手不停抽搐，面上汗淚交流，「她……她……我們都是豬玀！」隨即雙唇緊閉，血色盡失。

「如果不是軍械，那你們究竟偷運何物？」喬泰急急問道。

金桑剛一開口，只見一股鮮血湧出，嗆得他不住咳嗽，到底吐出兩個字來：「黃金！」隨後渾身一軟，歪斜著倒在地上。

馬榮盯著金桑與死去的玉素，已是來回打量了半日，心中狐疑不知底裡，這時方才開口問道：「那姑娘正要叫你當心時，就遭了這廝的毒手，可是如此？」

喬泰點了點頭，迅速穿好衣褲，將玉素的屍身輕輕抱起放在榻中，又用那件白綢長裙覆上。正是喪服的顏色，他心中暗想著，低頭凝視她那平靜的面容，輕聲說道：「忠心不二……我真不知還有什麼能比這更了不起，馬榮！」

「好個哀豔淒婉！」背後有人徐徐說道。

喬泰馬榮急忙轉身，只見白凱兩肘抵在窗臺上，正從舷窗外朝內窺看。

「老天爺！」馬榮叫道，「我把你全忘在腦後了。」

「真是有失厚道！」白凱斥道，「我雖說手無縛雞之力，但也有自己的招數，那就是腳底抹油，方才就躺在船邊窄窄的跳板上。」

「還不趕緊繞回來！」馬榮低聲道，「正好幫我把胳膊紮上。」

「你這血流得簡直像殺豬一般。」喬泰懊悔說道，抓起玉素的腰帶給馬榮裹住傷口，

「怎會弄成這樣？」

「說時遲那時快，」馬榮敘道，「一個狗頭忽然從後面抱住我，我正想低頭彎腰把他從頭頂上甩下來，不料又上來一個，一腳踢在我小腹上。見他拔出刀來，我心說小命今日休矣，背後那個不知怎的突然手下一鬆，我趕緊一擰身子，總算躲過了這窩心的一刀，只扎在左臂上。然後我用膝蓋猛頂那人的大腿根，又衝他下巴上結結實實來了一拳，打得他仰面朝天倒在欄杆上。背後那廝一定是見勢不妙，便跳水逃走了。緊接著又冒出

第三個，看去人高馬大，我正覺左臂掛了彩頗不靈便，可巧你就來了！」

「這樣紮住的話，很快就能止血，」喬泰說著，將腰帶的兩端繞到馬榮頸後打了個結，「好生將胳膊用帶子吊住。」

喬泰紮緊繃帶時，馬榮臉上一陣抽搐，過後問道：「白凱那廝在哪裡？」

「我們去甲板上看看。」喬泰說道，「不定他正忙著喝剩酒哩！」

二人上來一看，甲板上卻空無一人，連叫白凱幾聲，只聽霧中傳來打槳聲，劃破了周圍的寂靜。

馬榮憤憤罵了一句，跑到船尾一看，發現備用的小舟已不見蹤影，於是衝喬泰叫道：「這狗娘養的！他偷了小船溜走了！」

喬泰緊咬雙唇，怒道：「有朝一日捉住那廝，我非得親手擰斷他的瘦雞脖子不可！」

馬榮努力朝霧中張望，徐徐說道：「等我們捉住了再說不遲，可恨白凱已經搶了先機。如今這船似是在下游某處，非得花上不少工夫，才能搖回碼頭去。」

第十四回
狄公詳析未遂謀害　女子蒙面現身公堂

馬榮喬泰回衙時，已近午夜時分。二人將高麗船泊在彩虹橋下，又叫東門守卒派人上船看緊，免得被人動了手腳。

狄公仍在二堂內與洪亮密議，見兩名親隨形容狼狽，不禁十分驚異。聽馬榮述說此番遭遇時，狄公漸漸轉驚為怒，待馬榮稟完，從座中一躍而起，反剪兩手在地上來回踱步，忽然開口說道：「真是難以置信！就在圖謀取我性命之後，居然又想害死兩名官差！」

馬榮喬泰聞聽此言，目瞪口呆地望向洪亮，於是洪亮低聲簡述一番在白雲寺內的斷橋一事，只是省卻了王縣令的鬼魂現形一節不提，因為他深知這對英雄好漢天不怕地不怕，唯獨只怕鬼怪等物。

「那些狗頭布下了圈套，」喬泰沉思說道，「對我二人的偷襲是事先謀劃過的，還有九華莊裡那一大篇話，更是精心演練過的好戲！」

狄公似是聽而不聞，駐足說道：「原來他們是在私運黃金！放出偷運軍械的謠言來，只是為了聲東擊西，但是為何要向高麗私運黃金？我一向以為高麗國頗多黃金。」說罷惱怒地揪揪鬍鬚，回到書案後坐下，又道：「今晚我與洪亮議論那些歹人為何想要除掉我，想來他們一定以為我掌握了更多內情。但是為何又要加害你們兩個？船上的一場惡鬥，顯然是在你們與白凱金桑道別後就安排好的。不妨回想一下，是不是你們在桌上說過什麼話，使得他們起了戒心。」

馬榮皺眉深思，喬泰也捻著髭鬚凝神不語，半晌後說道：「不過是些尋常閒話而已，還有幾個笑話，除此之外——」說罷鬱鬱搖頭。

「我說過我二人去了破廟，」馬榮插話道，「因為老爺在堂上對眾人說過要將阿廣捉拿歸案，所以我想告訴他們在破廟裡捉住了阿廣也沒甚要緊。」

「說沒說過與舊禪杖有關的話？」洪亮問道。

「說過，沒錯！」馬榮說道，「金桑為此還開了一句玩笑。」

狄公拍案喝道：「必是如此！由於某種緣故，那些禪杖十分要緊！」隨即從袖中抽出摺扇，打開呼呼扇了幾下，對馬榮喬泰又道：「你們兩個對付那些歹人時，為何不能手下留神些？阿廣臨死前倒是吐盡了實情，那幾個高麗船夫既是受金桑指使，想來不過依令行事，沒有留下活口倒也無甚大礙。但是如果活捉了金桑的話，恐怕如今所有的難題都已解開了！」

喬泰抓抓頭皮，懊悔說道：「老爺說的是，想到此處，我也覺得若是能生擒他該有多好。不過事情出得太快，還沒等我回過神來，就已經打完了！」

「方才的話，全當我不曾說過，」狄公微微笑道，「是我太不近情理。不過可惜的是，金桑臨死前的情形全被白凱偷偷看在眼裡，我們所知的內情，他也通通曉得。若是他不在場，就不會知道金桑是否已將整個陰謀和盤托出，從而十分憂懼。歹人若是心中不安，難免會做出蠢事來，於是露出馬腳。」

「我們何不將那姓顧和姓易的船主捉來問話，再給他們吃點苦頭？」馬榮問道，「企圖謀害我二人性命的，畢竟是他們手下兩名管事！」

「如今尚無一絲一毫不利於顧孟賓和易本的證據。」狄公說道，「唯一確鑿的是高麗人在其中扮演要角，既然知道了他們要往高麗偷運黃金，這一點也是意料中事。王縣令偏偏將要緊的文書託付給了一個高麗女子，實為大不幸之舉。那女子肯定將包裹給金桑看過，然後金桑從盒中盜走罪證，不過卻不敢毀掉漆盒，只因生怕王縣令可能在別處記過此事，說明曾將此盒交與某人保管，若是日後有人問起而那女子又拿不出東西的話，她就會被當作嫌犯捉拿。或許正是因此，王縣令的私人文書才會在大理寺檔房中失竊。這一干案犯必定有著龐大的組織，甚至在京師裡亦有爪牙！他們與范家田莊裡失蹤的女子多少也有干係，與那自高自大的腐儒曹鶴仙也有關聯。我們掌握了不少事實，表面看似互不相關，如今只是缺少能將這些事件貫穿起來並合理解釋的中心線索！」

狄公長嘆一聲，又道：「且罷，此時已過午夜，你們三人還是回去好生歇息。洪都頭，你出去時務必叫醒三四個衙吏，命他們寫出捉拿白凱的告示來，罪名是殺人未遂，並附述其身形相貌，再命各處守卒今夜張貼出來，除了衙院門口，還有城內人多熱鬧的地方。如此一來，天一亮百姓們便能看到。若能抓住白凱，想必會收穫不小。」

次日一早，狄公正在二堂內用飯，洪亮從旁侍奉，忽見班頭進來，報曰船業主顧孟賓與易本有要事求見。

「傳話下去，」狄公斷然說道，「讓他們早衙開堂時再來，盡可以當著眾人的面說個明白。」

這時馬榮喬泰進來，唐主簿跟在後面，看去越發憔悴不堪，面色灰白，兩手顫顫巍巍，吞吐說道：「啟稟老爺，這……這真是駭人聽聞，小人在衙裡行走了一輩子，還從未聽說過如此惡行！居然敢偷襲兩名官差，實在令人——」

「唐主簿不必擔憂，」狄公插話道，「我的兩名隨從自能應付裕如。」

馬榮喬泰聽罷面露喜色。馬榮已解去吊著的綳帶，喬泰的右眼看去稍癒，不過仍是一片青紫。

狄公正在用熱手巾揩臉，只聽三聲鑼響，洪亮忙上前幫狄公更衣，一行人走去大堂。雖然時辰尚早，堂下卻已擠滿了看眾。昨夜高麗船上的一場好鬥，已被住在東門附近的百姓傳得沸沸揚揚，城內居民也已看到官府緝拿白凱的告示。狄公正在清點一班衙員時，瞧見曹鶴仙、易本與顧孟賓均站在前列。

狄公剛一拍驚堂木，曹鶴仙便走上堂來，一副美髯左右飄動，雙膝跪下，激憤說道：「老爺在上，昨晚小民家中禍從天降！犬子曹敏深夜時被馬嘶聲驚醒，正是從門樓旁的自家馬廄中傳出。他跑出去查看，發現馬匹受了驚嚇，十分難馴，於是叫醒了看門人，心想許是有夜賊出沒，又取了一柄長劍，去房舍四周的樹林裡搜尋。就在那時，有個龐然大物突然跳上他的後背，指爪直插進肩肉裡，他一頭栽倒在地，不巧正撞到一塊帶稜角的石頭上，只聽見耳後一陣咯吱吱的磨牙聲，便人事不省了。幸虧看門人手持火把趕了過來，只瞧見一個黑影閃入林中不見。我等將犬子抬回家中，包好創口，肩膀倒是傷得不重，額頭上卻有個大口子。今早他先是清醒了半日，隨後又胡言亂語起來，沈大夫天亮時前來看診，說情形很是危急。小民在此懇請老爺，萬望即刻派人出去追蹤那隻在四圍出沒的食人猛虎，並殺之而後快！」

堂下的人群中傳出一片低低的讚許聲。

「今日一早，」狄公說道，「本縣便會派出獵手去追蹤那隻野獸。」

曹鶴仙剛剛退下，易本又走上前來，跪倒在案桌前，照例先報上姓名生業，然後說道：「小民今早看見了關於手下管事白凱的文告，又有傳聞說白凱與高麗船上發生的一場爭鬥有涉。小民在此申明，那白凱行止古怪，放浪不羈，凡是在正經生意之外的所作所為，均與小民無干。」

「你是幾時僱用白凱為管事的？當時情形如何？」狄公發問道。

「回老爺，大約十天前，白凱前來會我，」易本答道，「手中拿著京師裡著名學者曹芬寫下的薦書，曹芬正是小民的好友曹鶴仙的堂兄。白凱說他剛剛休妻不久，想遠離京師暫避一時，免得妻家尋他的晦氣。此人雖說放浪形骸、嗜酒如命，卻端的是個業中聖手。小民今早看過文告後，忙將管家喚來，問他何時最後見過白凱，他說白凱昨天深夜方歸——他就住在小民宅中的四進廂房內，回屋後沒多久，提著一隻箱子又出門去了。白凱一向起居無常，管家早已是見怪不怪，因此也不以為意，不過白凱昨夜看去十分匆忙，令管家頗覺驚異。小民在離家前，還去白凱房中看了一回，發現他的衣物家什都在原處未動，只少了一口用來存放文書的皮箱。」

易本略停片刻，最後又道：「小民只想申明，白凱如有不法行徑，概與小民無涉，還望老爺明察！」

「易本所述將記錄在案，」狄公冷冷說道，「但是本縣有幾句話也要記下，你可聽仔細了。本縣非但不能苟同你的申明，還要你為白凱的所作所為負所有責任。他不僅受僱於你，還住在你的家中，且又參與了一樁精心策劃的大案，旨在謀害我兩名隨從的性命。你若說與你無涉，須得自己拿出證據來！」

「老爺明鑑，小民如何能自證清白？」易本驚叫道，「我真是全不知情！小民向來奉公守法，老爺可還記得，前幾天我特意拜會老爺，稟報過關於——」

「那些只不過是有意扯謊罷了！」狄公厲聲喝道，「除此之外，有人報曰就在你家宅院附近，曾經有過怪事發生，離運河上的第二座橋不遠。本縣在此判你禁閉家中，且去一邊等候發落！」

易本還欲申辯，班頭上來叱他閉嘴，交由兩名衙役帶去班房內，等候狄公詳細指示到底如何軟禁。

易本被帶下後，顧孟賓又走上來，跪在案桌前，開口說道：「老爺在上，小民的愚見與我那同行友人易本略有不同。由於手下管事金桑捲入了船上惡鬥一案，小民在此申明，願為金桑的所作所為負下全責，包括他公事以外犯下的罪過。那條事發的高麗船，正是在我名下，三名高麗船夫也是我僱來的水手。我那船廠的管事證實說，昨日晚飯時候，金桑去了碼頭，命人划出那條駁船，但並沒說明去向，不消說他全是瞞著我自行其是。不過，小民仍要盡一己之力，徹底查清這樁凶案，衙裡若是派差官前去小民的碼頭或家中督管巡查，無不欣然從命。」

「顧孟賓主動與官府協作，本縣十分讚賞。」狄公說道，「待查案一結束，便會將金桑的屍身發回你處，再設法交與其親屬歸葬。」

狄公正欲拍案退堂，忽見堂下一陣騷動。只見一個身量頗高的婦人擠上前來，穿著一件俗麗的黑底紅花長裙，面相頗為粗鄙，一手還拽著一個蒙面女子。那婦人上前跪下，蒙面女子則垂頭立在一旁。

「啟稟老爺，」婦人嗓音嘶啞地說道，「小婦人姓廖，是東門外五號花船上的鴇母，如今帶了一名罪犯，特來老爺堂上投案。」

狄公傾身向前，上下打量那輕紗遮面的窈窕女子，不禁十分驚異。通常說來，若有妓女違命不從的話，老鴇龜公一般都是自行處置，不至於因此鬧上公堂。

「這女子姓甚名誰？」狄公發問道，「又犯下何罪？」

「回老爺，她始終不肯吐露自家名姓。」婦人叫道，「還——」

「妳本該明白，」狄公厲聲說道，「未查明身分前，任何女子都不許掛牌接客！」

那婦人連連叩頭，口中哭叫道：「小婦人還請老爺多多見諒！原該一上來先對老爺講明，這女子並非是我買來接客用的。事情原是這樣，就在本月十五日，早上天還沒亮，白凱先生領著她來到我的花船上，說是他新娶的小妾，昨晚帶回家去，大太太非但不讓進門，又打又罵，還將她的衣裙撕得稀爛，白先生磨破了嘴皮子，一直理論到半夜也沒有用。還說在設法說服大太太回心轉意之前，想讓這女子在花船上暫住幾日，隨後塞給我幾兩銀子，囑我給她弄件體面衣裳，原來她渾身上下只裹了件和尚穿的僧袍。白凱先生一向是個好主顧，又替船主易本先生做事，手下的船工水手們也時常去我那裡快活，照顧了不少生意，因此小婦人除了滿口應承，還能怎的！我看那女子嚇得戰戰兢兢，怪可憐見的，便找出合身的衣裙給她換上，又騰出一間上好的艙房來讓她獨自受用。曾有手下攛掇說，按規矩該讓她去接客，諒她也不敢告訴白先生，也被我一口罵了回去。老爺明鑑，小婦人向來言而有信，這規矩可破不得，總不能忘了奉公守法！今日一早，小販搖著船前來賣菜，道是衙門貼出告示來要捉拿白凱，我聽說後立時發話下去：『這小淫婦就算不是同案犯，至少也知道白凱藏在哪裡，咱們不可不帶她去衙裡報官。』於是就到這裡來了。」

狄公直坐起來，對那蒙面女子說道：「且將面紗除去，報上姓名，再說說與案犯白凱有何關係。」

第十五回
新婦細述駭人遭際　老吏自承離奇罪行

那女子抬頭將面紗撩起，顯得很是疲憊，狄公這才看清她二十左右年紀，生得十分俊俏，面貌看去溫和聰慧。只聽她柔聲說道：「奴家便是顧曹氏。」

堂下看眾發出一陣驚呼。顧孟賓快步上前，上下打量了自家太太一番，又退回原處，面色轉為灰白。

「顧太太，妳家夫君前來報官，說妳失蹤不見，」狄公莊容說道，「請將本月十四日午後，妳告別令弟曹敏獨行後的遭遇一一講來。」

曹氏望了狄公一眼，神色淒然，開口問道：「老爺開恩，事無鉅細都得講嗎？奴家更願——」

「顧太太聽好，一樁都不得隱瞞！」狄公斷然說道，「妳的失蹤至少與一樁謀殺案有關，不定還牽涉其他幾條人命。本縣在此洗耳恭聽。」

曹氏猶豫半晌才開言敘道：「那天我在路口朝左一轉，正向官道方向走去時，遇見了鄰居范仲及其家僕。范仲上來寒暄問好，我想既然以前彼此照過面，應答幾句也未為不可。他問我要去何處，我說正要回城，而且小弟曹敏即刻便來會合。不料等了半日，始終不見舍弟露面，我與范仲又騎馬返回道口四處張望，仍是不見他的人影。我心想分手時離官道已是不遠，小弟或許覺得我無須由他再繼續護送，便穿過田地自己回家去了。這時范仲說他也要進城，可以陪我同路而行，又說抄近道的話，可以省卻不少工夫，那條小徑已修得平整了許多。我不想獨自一人打那古廟前經過，於是便點頭應允。」

「走近范家田莊入口處的小茅棚時，范仲說有事須得交代佃農幾句，勸我不如在裡面稍歇片刻，於是我下馬進去，在一隻條凳上坐下，范仲在門外對家僕吩咐幾句，然後翻身回來，一雙賊眼對著我上下打量，說是已打發僕人先去田莊，為的是能和我清清靜靜待上半日。」

曹氏略停片刻，羞惱得兩頰暈紅，低聲又道：「他上來動手動腳，被我用力推開，並警告他說要是再來放肆，我就要大喊救命。他聽了哈哈大笑，說我就算叫破了喉嚨也不會有人聽見，最好還是識趣一點。他撲上來撕扯我的衣裙，我雖盡力反抗，奈何他身強力壯，終是不敵。他剝去我的衣衫，又將我兩手反剪用腰帶捆住，然後推倒在柴堆上，玷汙了我。之後才給我鬆綁，讓我穿上衣服，還說他很中意我，今天須得陪他在田莊裡過夜，明日回城後，自有一套說辭講與我丈夫聽，神不知鬼不覺地瞞過眾人去。」

「我明知自己不得不聽他擺布，於是在田莊裡用了飯，然後歇息。范仲剛一睡熟，我正想著悄悄下床逃回娘家去，卻看見窗子突然打開，一個大漢手持鐮刀跳進屋來。我嚇得要命，連忙搖醒范仲，但那大漢衝上前來，一刀便割斷了范仲的喉嚨，半個屍身倒下來，正壓在我身上，還濺了一臉的血——」

曹氏雙手掩面。狄公使個眼色，班頭遞上一碗濃茶，曹氏卻搖搖頭，接著說道：「那大漢衝我咬牙切齒地說道：『現在再來收拾妳，妳這無情無義的賤婊子！』他一面咒罵，一面摸到床頭，抓住我的頭髮朝後一拽，將鐮刀架在我的脖子上。我只聽耳邊『咔嚓』一聲，便人事不知了。」

「等我蘇醒過來，卻發現自己躺在一輛顛簸而行的板車上，范仲的屍身就橫在旁邊。這才想到原是鐮刀砍在了床頭上，我只受了一點輕傷，但那歹人定是以為我已一命嗚呼，於是便屏息裝死。忽然車子停住，車身一歪，我與范仲的屍身雙雙滑到地上。那歹人又扔了些乾樹枝在我身上，然後聽見車子漸行漸遠。我始終不敢睜眼偷看，所以不知凶手究竟是何人。當他跳進臥房時，看去似乎面貌黝黑精瘦，但也可能是牆角裡油燈的光照使然。」

「我掙扎起來朝四周打量，藉著月光，方才看清原來是在范家田莊附近的桑林裡。就在這時，小路上走來一個和尚，看方向是從城內而來。我只有一條纏腰布用以蔽體，正想藏在樹後，奈何躲閃不及，被他看見。他拄著手杖奔上前來，看看范仲的屍身，開口說道：『妳可是謀殺了姦夫？如今且與我同去那破廟裡待上半日，保證替妳守口如瓶！』上前便要揪捽，嚇得我大叫起來。這時突然從平地裡又冒出一人，衝那和尚喝道：『誰許你在廟裡欺辱婦女的？還不快講！』說著從袖中抽出一把匕首。那和尚見狀也舉起手杖，口中還兀自罵個不休，但見他忽然大聲喘氣，手撫胸口倒在地上。另外那人快步上前，俯身查看後，又起身低聲咕噥著運氣不佳云云。」

「據妳看來，」狄公插話問道，「後來的那人，與和尚可否相識？」

「回老爺，奴家委實不知。」曹氏答道，「事發太快，且那和尚並未叫過那人的名姓，後來我方知他名喚白凱。他詢問我何故至此，不但出語溫文有禮，而且對我的尷尬形狀並未多看一眼，雖則衣著寒素，卻自有一派官家氣度，看去頗可信賴，於是我便將一番遭遇向他和盤托出。他提議送我回夫家或是娘家去，他們自知該如何應對。但我直

新婦細述駭人遭際

陳自己尚且無法面對夫婿或是家人，腦子裡正亂作一團，須得先冷靜思量一陣再說，又問他可否找個地方讓我藏身一二日，而他盡可以將范仲被殺一事報官，只是不要提到我，因為那歹人顯然將我誤認為是別的女子。他答曰那人命案與他無關，但我想要躲藏幾日的話，可以助我一臂之力，又說他並非單人獨住，況且客棧旅店也絕不肯半夜三更時接納一個孤身女子入住，因此唯一的辦法是去花船上租間客房，在那裡沒人會問長問短，且他自有一套說辭來應付，不過先得把屍體埋在桑林中，如此一來，過上幾日才會被人發現，在這期間我可自行定奪報官與否。他剝下那和尚的袈裟，囑我先用纏腰布揩淨臉上和身上的血跡，然後裹在身上。等他返回時，我已收拾停當，他帶我走到小路前方的一片林邊，從裡面牽出馬匹，扶我坐在他的身後，隨後騎回城中，又在運河邊租了條船，划去那東門城牆外的花船上。」

「妳們經過城門時，守卒可曾盤問過？」狄公問道。

「到了南門外，」曹氏答道，「白凱假裝喝得大醉似的拍門，守衛們都認得他，他大叫著說要帶個新近結識的妙人兒進城去。守衛命我露出臉來，見果然是個女子，便一齊哄笑起來，拿白凱以前的醜事戲謔嘲弄了幾句，就放我們進去了。」

「到了花船上，白凱租下一間艙房給我。我沒聽清他跟鴇母嘀咕了些什麼說辭，但是分明看見塞給她四兩紋銀。那鴇母待我倒是甚好，我怕不幸有了身孕，她還特意抓了藥來給我吃。我從驚駭中漸次恢復過來，打算等白凱再來時，讓他送我回娘家去。不料今日一早，鴇母和夥計來到我房中，說白凱原是個歹人，如今被官府緝拿，又說他為我的衣食住處只預付了幾個小錢，因此我得在花船上接客來還清欠債。我憤然回應她說四兩紋銀用來支付這些花銷綽綽有餘，並且我現在就要離開此處。鴇母吆喝那夥計給我一頓鞭子吃，我暗想無論怎樣，都要好過落在這群無賴手中，於是就說我不但親眼見過白凱作惡，還知道他犯下的其他不法之事。那鴇母一聽害怕起來，跟夥計說如果不去官府告發我的話，怕是要惹出大亂子來，然後就帶我來到老爺的衙裡。我深知當初本該聽從白凱的勸告，並且從來不知他犯過何種罪行，只能說他待我十分有禮。我當初本該將所有事情立即上報官府，但著實被這一番遭際弄得心神大亂，只想稍事休息後，再冷靜考慮應當如何行事。奴家所述句句是實。」

書辦將曹氏的陳述又宣讀一遍。狄公深感她講得坦率誠摯、毫不做作，且又事事合榫。如今明白了田莊臥房裡床邊的刻痕是如何留下的，至於阿廣為何不曾發現床上的女子並非淑娘，也更合於情理，因為當阿廣手持鐮刀轉向她時，正是站在靠近范仲的一邊，且女子又濺了一臉的鮮血。白凱在桑林裡的及時出現也很容易解釋，這更證實了對曹鶴仙的懷疑確有道理。曹鶴仙定是白凱的同謀，且白凱必已對曹鶴仙說過此事，由於曹氏不巧撞見他與那佛門幫凶的密會，因此安排她暫避幾日，免得生事。曹鶴仙對於女兒失蹤不見的漠然態度也有了答案，因為他心知其女安然無恙。

曹氏在筆錄上按過指印後，狄公宣道：「顧太太，妳這一番遭遇，著實駭人聽聞，換作任何人，都難說能更加應付裕如。若是一個女子未能上報一樁殺人案，而死者正是不久前才對她施暴之人，該女子是否應受懲處，本縣在此不做深究。本縣的職責並非是為精研律法的學者們提供材料，而是做出公正裁決，並設法補償由於罪行造成的損害。因此，本縣判妳無過，免於任何追究，由其夫顧孟賓當堂領回。」

顧孟賓走上前來，曹氏朝他迅速一瞥，不料夫君竟然完全不理會，只扯著嗓子發問道：「老爺在上，小民想問一事，可有證據證明拙荊當真是被人強暴，而並非與人勾搭成姦的？」

曹氏聞聽此言，不禁倒吸一口涼氣，似是無法置信。只聽狄公平靜地答道：「證據在此。」接著從袖中抽出一方手巾，「本縣以前說過這手巾掉在路邊，你也證實確係尊夫人隨身之物，實則正是在范家田莊茅棚的柴堆裡找到的。」

顧孟賓咬咬嘴唇，又道：「既然如此，小民相信拙荊所言不虛。不過，小民雖家世卑微，也還曉得家法族規不容違背。拙荊既已失貞，本應立即自行了斷才是，否則不免玷辱門楣。小民在此鄭重聲明，不得不將她休掉。」

「你有權如此行事，」狄公說道，「休妻一事將會被記錄在案。請曹鶴仙上前來！」

曹鶴仙跪在案桌前，口中低聲咕噥了幾句。

「曹鶴仙，」狄公問道，「你可願意將被休的女兒領回家中？」

「老朽一向認定，」曹鶴仙大聲說道，「一旦涉及禮教德行之本時，個人須得毅然決然，不顧私情，如今在眾目睽睽之下，老朽更是深感必得為人表率，即使身為人父痛徹心肺，亦是無可如何。老爺在上，既然小女行止有違聖德，老朽不能將她領回。」

「此事也將記錄在案。」狄公冷冷說道，「曹小姐在得到妥善安置之前，將在縣衙內暫住。」

狄公示意洪亮帶曹小姐下去，又轉頭對那花船老鴇說道：「妳意欲逼良為娼，本已違法，但念及善待過曹小姐幾日，且對官府心存敬畏，行事多少也還知道分寸，姑且不予追究。若是以後再有人前來控告，定不輕饒，花船也得停業。這一席話，記著回去也講給妳那些夥計們聽聽，下去吧！」

老鴇急忙退下。於是狄公拍案退堂。

狄公下堂時，發覺不見了唐主簿，於是詢問馬榮。馬榮答道：「曹鶴仙上前報案時，唐主簿忽然低聲說覺得很不舒服，便悄悄出去了。」

「這老唐簡直豈有此理！」狄公怒道，「爾後若是再有此事，我乾脆讓他告老還鄉算了。」

狄公推開二堂的門扇，看見洪亮與曹小姐正坐在裡面，便吩咐馬榮喬泰在外邊廊上稍候。

狄公在書案後落座，開口說道：「曹小姐，如今看看能否為妳盡一些綿薄之力，不知妳自己有何打算？」

曹小姐兩片櫻唇翕動幾下，但很快恢復自持，徐徐說道：「奴家深知若是依照風俗禮法，我本應自盡才是，但是不可否認，我從沒生出過這等念頭。」說著慘然一笑，「身陷田莊之時，要說我心有所想，也是想著如何才能逃生！奴家並非貪生怕死，只是不願去做自己覺得無法理喻之事。還請老爺不吝賜教一二。」

「依照儒家德律，女子須保持貞潔。」狄公說道，「然而我常常疑心這一說法，是否應旨在心靈而非肉身。即使如此，孔夫子不也說過『以仁為本』嗎？曹小姐，至少我是堅信，所有德律必須以此為前提，方可加以詮釋。」

曹小姐心懷感激地望了狄公一眼，思忖半晌，又道：「如今看來，出家為尼應是最上策。」

「既然妳以前從未有過遁入空門之念，則不過是逃禪之舉，」狄公說道，「並且對妳這般明慧通達的年輕女子來說，甚為不宜。我將與在京師的友人聯絡一二，薦妳去做個西席，教授女眷們讀書識字，不知妳意下如何？在此期間，他自會為妳安排另一樁美滿姻緣。」

曹小姐羞怯地答道：「老爺一番體恤厚意，奴家著實感激不盡。只是我與顧孟賓的短命姻緣已不幸告終，而且在田莊裡的一番遭遇，還有在花船上的所見所聞，這一切都使我對於……對於男女之事反感至極，此生永無回轉。想來青燈佛門，當是我唯一合宜的去處。」

「曹小姐，妳青春正盛，不當用此『永無回轉』的字眼！」狄公正色說道，「不過眼下還不是妳我議論這些的時候。再過十天半月，我的家眷便會前來，請妳一定與我那正室夫人傾談過後，方可作決[6]。在此之前，妳可暫住在仵作沈大夫的宅中，聽說沈太

6 在一九五九年英文初版中，此處有一原註：「見《鐵釘案》第十二回。」其中講述了曹氏的後續故事。

太古道熱腸，且又持家有方，沈小姐正好可與妳做伴。洪都頭，你給曹小姐引路。」

曹小姐躬身一拜，跟隨洪亮出去。這時馬榮喬泰進來，狄公對喬泰說道：「你也聽到了曹鶴仙的話，他家公子看去是個爽直少年，如此遭遇，實在令人扼腕。既然你二人今日無事，何不在守衛中找幾個獵戶，一道去鄉下打虎？馬榮留在這裡，先吩咐班頭如何與城中各位里長協同緝拿白凱，然後可去休息半日，順便診治手臂上的刀傷。今夜我們還得去白雲寺參加法事，在此之前，你二人再無其他公事。」

喬泰喜孜孜地領命，馬榮卻對他嚷道：「你可不能撇下我獨個兒去，老兄！你若要打虎，非得我拽著老虎尾巴才能成事哩！」

二人大笑幾聲，隨後離去。

狄公獨坐在堆滿書卷的案前，翻看著厚厚一卷田地稅冊，想藉此稍稍放鬆，然後再凝神思量一番新近得知的種種消息，不料沒看幾頁，就聽有人叩門，卻是班頭一臉驚惶地奔進來，急急說道：「啟稟老爺，唐主簿服了毒藥，眼看就快不行了！他說想見老爺最後一面！」

狄公一躍而起，跟著班頭一路奔到縣衙正門前，又穿過大街，去往對面的客棧。狄公問道：「可有解藥不曾？」

「唐主簿不肯說服的是什麼毒，」班頭喘息說道，「正一心等著藥性發作哩！」

樓上的走廊內，一個老婦人雙膝跪下，懇請狄公原諒其夫的所作所為。狄公溫言幾句，隨她進入一間寬敞的臥房中。

唐主簿雙目緊閉躺在床上，老妻坐在床邊，輕聲對他說了幾句，唐主簿睜眼看見狄公，放心地吁了一口氣，對老妻低聲說道：「妳且出去，讓我二人待著。」老妻依言起身，請狄公坐下。

唐主簿對著狄公注視良久，方才疲憊地開口說道：「這毒藥說是會慢慢麻痺全身，我的腿已經麻木，但頭腦尚且無妨。我只想告訴老爺一樁自己犯下的罪行，然後再有事相詢。」

「是不是關於王縣令一案，你有事隱瞞於我？」狄公急問道。

唐主簿緩緩搖頭：「王縣令一案，我已是知無不言。我只是對自己犯下的罪孽太過憂心，因此無法慮及其他。但是，那樁凶殺案，還有那鬼魂，著實令我心神不定，而且一旦心神不定時，就管不住……另外那一個。再說范仲已經身亡，他是我唯一真正牽掛之人——」

「你與范仲的事，我已盡知，」狄公說道，「各人都是順應天意而行事。若是兩個成年人彼此相悅，即為二人私事，與旁人無涉。你無須為此擔心。」

「我根本不是為了此事而擔心，」唐主簿搖頭說道，「之所以提起此事，只是為了說明自己是何等憂慮焦心。我一旦疲乏體弱，內裡的另一個『牠』便會強壯有力，尤其是在月明之夜。」說罷艱難地呼吸幾下，長出一口氣，又道：「經過這許多年，我已對『牠』和『牠』那些陰毒的伎倆知之甚詳！我看過先祖留下的一冊日記，得知先祖也曾與『牠』苦苦搏鬥。先父倒是從未受制於『牠』。先祖後來懸梁自盡，因為實在無力支撐下去，正如我此時服毒一樣。不過我並無子嗣，因此如今『牠』亦是無處可逃，就要與我一同而去了！」

唐主簿凹陷的面頰上露出了慘然一笑。狄公憐憫地望著他，顯見得這人已是神志不清了。

那垂死的老者兩眼朝上瞪了半晌，忽又望著狄公，驚懼地說道：「藥性越發發作了！閒話少說，我要告訴老爺這到底是怎麼一回事。我會在夜裡醒來，只覺胸口一緊，然後翻身坐起，在地上踱步，來來回回沒完沒了。房間顯得太過窄小，我想要新鮮空氣，我得出去，到大街上去。但是大街也顯得窄小，成排的房舍和高牆都擠過來，想要將我壓垮……我覺得驚恐萬分，拚命喘氣，於是，當我快要窒息時，『牠』便冒了出來。」

老吏自承離奇罪行

說到此處，唐主簿長出了一口氣，似是輕鬆下來。

「我躍上城牆，從另一邊跳下去，昨夜也是這樣。身在鄉下，我覺得新鮮蓬勃的血液在全身流淌，清新的空氣充盈體內，整個人振奮有力、強健無敵，天地也為之一新。我聞得到各種青草的味道，還有溼潤的泥土氣息，知道有野兔經過。我雙目圓睜，在黑夜裡也能看清一切，我憑空一嗅，就知道前面樹林裡有個水塘。這時我又聞到另一種味道，使得我渾身緊繃伏在地上，那正是溫熱的血腥氣——」

狄公驚恐地看著唐主簿臉上突起的變化。只見他一雙綠瑩瑩的眼睛裡瞳孔狹長，頰骨忽然變闊，嘴巴歪斜著發出吼聲，露出兩排尖利的黃牙，灰白的鬍鬚如鬃毛一般硬硬立起，兩耳翕動，還從被褥下伸出一雙虎爪般的手來，令狄公僵立駭絕。

那一雙虎爪般的手忽又鬆弛，手臂也垂下來，唐主簿的臉面又轉為瘦削凹陷的瀕死模樣，聲音微弱地說道：「當我清醒過來，發現自己躺在床上，渾身大汗。我起身點亮蠟燭，急忙去照鏡子，看見臉上並沒血跡，便會覺得說不出的放心！」略停片刻，又嘶聲說道，「不過我要告訴老爺，是『牠』趁我虛弱不支時鑽了空子，是『牠』迫使我犯下那等惡行！昨天夜裡，曹敏因我而受傷，我並不想撲到他身上，也不想傷害他……但是，我不得不如此，真是身不由己，身不由己啊——」說話時聲調漸高，直如尖叫一般。

狄公見唐主簿額上冒出冷汗，便伸手輕撫以示慰藉。

唐主簿的叫聲漸低下去，轉為喉嚨深處的嘎嘎作響。他驚恐地盯著狄公，努力啟動脣舌，卻只能發出含混不清的聲音。狄公俯身諦聽，唐主簿用盡氣力，吐出最後一句話來：「你說……我有沒有罪？」兩眼突然變得迷濛，口脣微張，整個面目鬆懈下來。

狄公起身拉過被褥，掩住唐主簿的頭臉。如今天上的神明將會回答死者的疑問。

第十六回

用飯處聞僕說疑犯　觀戲時聽案讚判官

在縣衙正門前，狄公遇見洪亮，他也聽說了關於唐主簿的消息，正要去客棧裡探望。狄公道是唐主簿由於范仲之死而十分頹喪，因此服毒自盡，只說了一句：「唐主簿真是噩運纏身」，再無他話。

回到二堂後，狄公對洪亮說道：「由於唐主簿和范仲相繼身亡，衙裡少了兩名管事的吏員。叫那三等書辦到這裡來，並帶上唐主簿曾經主管的一應文書。」

午飯之前，狄公與洪亮以及書辦一道整理了文書案卷。唐主簿主管婚姻、出生、死亡的記錄，還有縣衙帳目，向來一絲不苟，雖然日常庶務僅僅中斷了兩天，仍欠下不少公事待補。狄公對那三等書辦印象頗佳，便命他暫理主簿之職，只要稱職盡責，以後自會正式任命，其他吏員亦會依次擢升。

料理完公事後，狄公在庭院一角的大橡樹下用過午飯。正在飲茶時，班頭前來稟報曰白凱下落不明，似是銷聲匿跡了。

洪亮去公廨內監督衙吏們辦理庶務，並接待訪客。狄公回到二堂，放下竹簾，解開衣帶，躺倒在長榻上。

奔波勞碌了兩天之後，狄公只覺筋疲力盡，心中不免有些沮喪，於是閉上兩眼稍稍休憩一刻，並試圖理理思路。曹氏與范仲的失蹤之謎如今都已解開，但是王縣令被害一案，仍是進境無多。

疑犯倒是為數不少，白凱、易本、曹鶴仙，還有白雲寺裡一干尚未查明的僧人，也包括慧本在內。那天斷橋上陰謀未遂後，慧本未免出現得太快了些。顯然易本與此案亦有關聯，但無論他還是慧本，抑或曹鶴仙，似乎都只是走卒而已，這一切陰謀背後的始作俑者，無疑就是白凱。他不但多才多藝、精明過人，還能唯妙唯肖地扮成各種人物。正是在王縣令被害之後，白凱才來到蓬萊，似是把前期事務交託給易本金桑二人，過後方從京師親自駕臨主事。但是，到底主持何事呢？狄公如今不得不重新思量自己以往的推斷，即對方企圖暗害自己和馬榮喬泰，原因是認定官府對其陰謀的了解要比事實上更多。即使是朝廷派來的查案官，又有幾名訓練有素的特使襄助，也沒能查出真相來。罪犯顯然得知目前官府只是查明黃金是用禪杖走私到高麗去的。黃金定是從內地運來，做成長條狀後藏在中空的禪杖裡。但是和尚們攜帶這些禪杖來到蓬萊，卻要冒相當的風險，因為一路都有兵營哨卡負責盤查路人是否攜帶禁品，唯獨官員可以豁免。若是攜帶黃金，則必須上報並沿途繳納路稅。即使算上所有逃掉的路稅和從蓬萊出海時的出口稅，贏利也不會太多。狄公不安地想到，所謂黃金走私很可能只是一個幌子，是對手為了引他上鉤而精心設下的圈套，即將他的注意力從正在實施的更緊要的事務上轉移開來，緊要到以至於不惜毒殺一位朝廷命官，並且企圖謀害另一位。這樁大事定是迫在眉睫，正是因此，他們才會不顧一切地猖狂進擊，因為時日已是無多！自己身為縣令，卻對大事究竟若何至今毫無線索，與此同時，白凱那惡棍則處心積慮與馬榮喬泰邂逅相識，並且一力交好，從而緊密關注縣衙的所有舉措，如今又藏在不知什麼地方，在幕後指揮著下一步行動了！

狄公長嘆一聲，心想到了如此境地，換了更為資深的縣令，是否會鋌而走險，將曹鶴仙與易本抓來嚴加訊問。但是採取如此極端的做法，如今尚無足夠的證據，總不能因為某人在樹林裡撿了一根手杖，並且對女兒漠不關心就將他繩之以法。再說易本，狄公自認處分也還算得當，對於他企圖以軍械走私為幌子來欺瞞官府的行為，軟禁算是相當溫和而公正的處置。如此一來，白凱在失去了金桑之後，便又少了一個忠實黨羽，但願因此能阻止他實施陰謀，或是迫使他放棄計畫，從而為官府贏得查案的時間。

狄公又想起這幾日裡諸事忙亂，竟還沒能抽出時間去拜訪當地軍營統領，抑或該是他先來拜會才對？地方官府與軍營的關係向來十分微妙。如果二者官階相同，則地方官員理應權力更大，但是軍營統領手下掌管著成百上千的兵士，因此常常傲慢無禮。至於黃金走私一事，探明軍營統領對此的看法的確相當重要，並且他對高麗國的事務一定十分精通，肯定知道黃金在高麗國既不收稅，價格也與大唐基本持平，為何有人要將黃金走私到那裡去，不定軍營統領自有一番解釋。關於當地都有哪些禮儀習俗，可惜以前沒有問過唐主簿，那老者十分拘泥於禮數規章，一定知之甚悉。狄公想到此處，終於朦朧睡去。

不知何時，狄公聽見外面庭院裡傳來一陣喧鬧之聲，連忙起身下地，整整衣袍，又見暮色已然降臨，想到自己睡過了頭，心中老大不快。

只見一大群書吏、衙役和守衛正齊集在庭院中央，馬榮喬泰在其中鶴立雞群。

眾人一見狄公，恭敬地讓出路來。狄公這才看見四名農夫正將一隻捆在竹竿上的老虎放在地上，老虎身長約有一丈，體格碩大。

「這大蟲是被喬泰打到的！」馬榮對狄公叫道，「幾個莊稼漢領我們走樹林裡的小路，直走到山坡底下，拴了一隻小羊做為誘餌，眾人藏在逆風處的灌木叢裡。我們等了又等，直到下午，那畜生方才出現。它銜著小羊過來，卻沒往上撲，大概是嗅到了危險，居然伏在草叢裡足足有半個多時辰，等得人好不心焦！小羊咩咩叫個不停，喬泰爬上前去，越來越近，越來越近，箭在弦上一觸即發！我心想要是此時大蟲跳過來，非得落在他老兄的頭上不可！我和兩個守衛手握獵叉，緊跟在他後面趕上去。說時遲那時快，大蟲突然跳起來，只見空中飛過一條黑影，但是喬泰一箭正中它的身側，射入右前腿的後方，大半個箭身都沒了進去哩！」

喬泰咧嘴一笑，指著老虎右爪上的白斑，說道：「老爺請看此處，那天夜裡我們在對岸見過的，一定就是這隻老虎。雖然實在想不出那裡如何會有老虎出現，但我說話實在太過冒失了！」

「我們只要能找到合情合理的解釋，就不必害怕鬼怪等物！」狄公說道，「恭喜你們打虎有成！」

「我們準備剝了虎皮，」馬榮說道，「將虎肉分給眾鄉親，拿回去給孩子吃了，能夠強身健骨。再將虎皮硝過後獻給老爺，鋪在書房裡的太師椅上，算是我們兄弟的一點心意。」

狄公謝過馬榮，帶著洪亮出門而去。正有許多百姓興沖沖地趕來，急於觀看死老虎和打虎英雄。

「我今天睡過了頭，」狄公對洪亮說道，「如今快到晚飯時候，你我不妨去馬榮喬泰初次遇見白凱的飯館裡，吃頓便飯換換口味，還可聽聽他們對白凱有何議論。此時晚風清涼，我們就一路走去，頭腦也可為之一爽。」

二人朝南而行，穿過熱鬧的街市，不費吹灰之力便尋到了那家飯館。掌櫃急忙出來恭迎，滿臉堆笑囉唕了大半日，直等其他客人都已看見有如此貴客光臨，方才引著二人走入一間華麗的包廂內，又問想點何菜：「現有鵪鶉蛋、蝦餅、醬牛肉、醃魚、燻肉、拌雞絲等涼菜，還有……」

「罷了，」狄公插言道，「來兩碗麵，一盤醃菜，再來一大壺熱茶便可。」

「還請老爺允許小民獻上一杯玫瑰露！」掌櫃頗覺氣餒，仍然一力勸道，「只為開胃下飯之用！」

「此時我胃口甚好，多謝美意。」狄公說道。等掌櫃將縣令老爺點下的幾樣簡單飯菜吩咐給夥計後，狄公又問道：「白凱以前是否常來用飯？」

「啊哈！」掌櫃大聲說道，「我早就知道那廝是個陰險卑鄙之徒！他每次來時，都是一副奸猾相，兩手縮在袖筒裡，好像隨時預備著掏出一把刀子來。今早聽說貼出了緝拿他的告示，我便說早就該去官府向老爺告發此人了。」

「真可惜你那時沒去告發。」狄公淡淡說道，這掌櫃令人記起了某些有眼無珠、有頭無腦的證人，著實無可奈何，於是又道：「叫你們管事過來。」

管事看去很是精明世故，開口說道：「回老爺，小民得說從未想到白凱先生會是個歹人！做我這一行，能學會如何識鑑客人。白凱先生無論喝多喝少，總是一副溫文爾雅的君子風範，待夥計們也十分和氣，但從不過分狎暱。我還曾聽見過孔廟旁的縣學教諭誇他做得一手好詩哩。」

「白凱是不是經常與人在此吃飯喝酒？」狄公問道。

「回老爺，並非如此。這十來天裡，他要麼一人前來用飯，要麼與好友金桑一道。他二位都是謙謙君子，喜歡互相玩笑戲謔。白先生的眉毛高高拱起，面相看去頗為滑稽，不過，有時我注意到他的兩眼可是全無笑意，似乎與眉毛頗不相稱，於是暗想他會不會是喬裝易容過。但是當他開懷大笑時，我就知道自己還是想錯了。」

狄公謝過管事，匆匆吃完麵條。掌櫃一力拒收飯錢，但狄公仍是付了帳，又給了夥計一筆豐厚的賞錢，隨後出門而去。

走到大街上，狄公對洪亮說道：「那管事的眼光很是銳利。恐怕白凱確是喬裝改扮過。記得當他遇見曹小姐時，由於無須假扮，因此在曹小姐看去『頗有官家氣度』。此人一定是所有陰謀的幕後主使，也是我們要找的罪魁禍首！只是如今要尋到他幾乎已不可能，他甚至根本無須躲藏，只要去掉偽裝，便誰都認不出來。可惜我還從未與他謀過一面！」

此時從城隍廟方向傳來一陣笙笛鐃鈸之聲，洪亮正凝神傾聽，因此對狄公的最後幾句議論充耳不聞，興沖沖地說道：「老爺，有戲班子進城來了！他們定是聽說白雲寺要舉行法事，肯定會有不少百姓前來觀看，因此擺下戲臺，好在今晚賺上一筆。我們去瞧瞧如何？」說話間希冀之情溢於言表。

狄公深知洪亮一向是個戲迷，唯一的消遣就是看戲，常常樂而忘返、十分得趣，於是笑笑點頭應允。

城隍廟前的空地上萬頭攢動，戲臺已用竹竿和席子搭好，大紅大綠的橫幅迎風招展，臺上點著許多彩燈，戲子們身著鮮豔的戲裝正舞得起勁。

二人從站立看戲的人群中一路擠過去，直走到前排擺著木頭長凳的地方，此處可以付錢後坐觀。一個身著花哨戲裝、濃妝豔抹的女子收過錢後，給狄公洪亮找了兩個後排的空位。人人都全神貫注盯著臺上，並未留意新來的看客究竟是誰。

狄公抬頭望望，只見臺上共有四人，一位老者站在中央，身著墨綠錦袍，長鬚飄飄，兩名男子立在他的面前，中間還跪著一個婦人。狄公對唱戲的路數知之甚少，只能猜測那老人是位長者，至於其他三人，則根本無從斷定。

此時樂聲忽停，老者高聲道出長長一段念白。狄公對那拖著長腔又古裡古怪的調子不甚習慣，直聽得丈二金剛摸不著頭腦，對洪亮問道：「臺上說些什麼？」

洪亮立即答道：「老爺，那老人是個長輩，左邊那漢子狀告自家老婆，即跪在地上的婦人，老者正在總述訴狀，這齣戲就快唱完了。另外那人是原告的兄弟，為的是證明自己清白無辜。」聽了半晌，接著又道：「那漢子離家兩年，回來發現老婆有了身孕，於是告到老者面前，想以通姦為由休了老婆。」

「別吵！」坐在狄公前面的一個肥胖男子回頭斥道。

樂聲忽又響起，琴聲急促，鈸鳴鏗鏘，只見婦人裊裊立起，動情地唱出一段來，狄公仍是完全不解其意。

「那婦人說的是，」洪亮低聲道，「八個月前的一天晚上，夫君曾回到家中，與她共度良宵，次日一早天還沒亮便又出門上路去了。」

臺上變得一片混亂，四人同時又唱又念，老者轉著圈子搖頭不止，長鬚飄起團團打轉；丈夫面朝觀眾連連擺手，尖聲控訴妻子扯謊，其右手食指用燈油抹得烏黑，做成斷了一指的模樣；他的兄弟則立在當地，兩手籠於長袖中，頻頻點頭表示讚許，二人的裝扮看去十分相像。

突然樂聲驟停，只見老者朝那兄弟吼叫幾句，那人看去很是驚恐，原地轉了幾圈，又是跺腳又是翻眼。老者再次對他開口怒喝，於是見他從袖中抽出右手，原來也缺了一根食指。

此時樂聲狂亂激越，卻幾乎完全淹沒在觀眾的叫好聲裡，洪亮也跟著高聲喝采。

「到底怎麼回事？」狄公待喧譁稍歇，惱怒地問道。

「原來是那丈夫的孿生兄弟晚上跑去私會嫂子！」洪亮忙解釋道，「他切下自己的手指，使得婦人以為來人就是自己的丈夫哩！所以這齣戲就叫作《一夜春宵一指償》！」

「竟有這等故事！」狄公說罷站起身來，「我們還是回去的好。」前面的胖子正在剝一隻橘子，將橘皮隨手朝後一拋，正落在狄公的衣袍上。

此時臺上有人展開一條大紅橫幅，上書七個大字。

「老爺快看！」洪亮急忙說道，「下一齣戲是《于判官智斷三案》！」

「且罷，」狄公只得重又坐下，「于公是七百年前的漢朝人，刑偵勘案最負盛名。看看這齣戲編得如何。」

洪亮跟著再次坐下，滿意地長出一口氣。

樂師奏起一段輕快活潑的曲調，間有響板的清脆鳴聲。只見一張朱紅大桌被搬到臺上，一個身材魁梧的大漢邁著方步走出，黑面長鬚，身著一件繡著火龍的黑袍，頭戴一頂飾有一圈珠寶的黑高帽，走到桌後重重坐下，臺下立時響起一片叫好聲。

兩名男子走出，跪倒在案桌前，一齊高聲唱了起來。于判官捋著長髯細聽半晌，剛一抬手，不巧一個衣衫襤褸的小童過來賣油糕，意欲爬上前排長凳，因此擋住了狄公的視線，且又引得胖子叱罵起來。狄公雖然沒能看清那判官到底指的是誰，但此時已對戲腔略略慣熟起來，即使眼前有人爭執口角，聽著唱詞也明白了八九分。

賣糕的小童溜走後，狄公問道：「那二人也是一對兄弟吧？似是一個控告另一個謀害了老父的性命。」

洪亮連連點頭。只見臺上年長的那人站起身，作勢將一個小物事放在案桌上，于判官用兩指捻起，皺眉細看。

「那是何物？」狄公問道。

「你沒長耳朵不成？」胖子轉頭怒道，「那是一枚杏子！」

「明白了。」狄公冷冷說道。

「老父留下杏子做為線索！」洪亮解釋道，「哥哥說是父親將凶手的名字寫在紙上，並藏在杏子裡。」

于判官作勢慢慢打開一張小字條，突然像是變戲法一般，展開一張五尺長的白紙面向臺下，紙上寫著兩個斗大的字。觀眾一見之下，憤然叫嚷起來。

「寫的正是兄弟的名字！」洪亮驚叫道。

「閉嘴！」胖子衝他大聲喝道。

鑼鼓鐃鈸一時鏘鏘齊鳴，好不熱鬧。在高亢的笛聲中，只見年少之人立起開唱，斷然否認這一指控。于判官對著二人看來看去，氣惱地眼珠骨碌碌亂轉。突然樂聲驟止，一片死寂，于判官傾身向前，揪住二人的衣領拽到身邊，先向弟弟口中嗅嗅，又向哥哥口中嗅嗅，猛然將哥哥推開，一拍驚堂木怒喝一聲，音樂再次洶洶而起，觀眾爆出一片喝采聲，連那胖子也站起來高聲叫著：「好戲！好戲！」

「究竟怎麼回事？」狄公看得興起，連忙問道。

洪亮興奮不已，連山羊鬍子也抖動起來：「那判官說是哥哥嘴裡有一股杏仁露的味道！老父親知道長子要害他性命，並且會在線索上做手腳，於是將字條藏在杏子裡，其實杏子才是真正的線索，因為哥哥極愛喝杏仁露！」

「不錯不錯！」狄公評道，「我本該想到的——」

此時樂師奏響了另一段震耳欲聾的曲調，又有兩個男子跪在于判官面前，身著繡金長袍，各自手持一張白紙晃個不停，紙上密密麻麻寫滿了小字，還蓋有大紅印章。狄公聽那念白，原來是兩個侯門公子告狀，老爺將一大筆遺產平分後賜予二人，其田地、房舍、奴僕、財寶等項均列在各人所持的契紙上。二人都聲稱分配得甚是不公，都說對方那一分比自己的更多。

于判官白眼看看二人，氣惱地搖頭不止，帽子上的飾物在彩燈下閃閃發亮。樂聲漸低下去，令狄公感到氣氛為之一緊。

「快唱你的！」胖子不耐煩地叫道。

「閉嘴！」狄公怒喝一聲，倒是令自己吃了一驚。

只聽一陣鑼響，于判官站起身來，抓過兩名原告手中的契書，彼此交換後還與二人，抬手示意此案已結。兩位貴公子瞪著手中的契書，看去大惑不解。

人群中響起熱烈的喝采聲。那胖子轉過頭來，趾高氣揚道：「這一齣你該是看明白了吧？那兩個——」說了半句，聲音漸低下去，認出原來是縣令老爺，不禁目瞪口呆。

「我全看明白了，多謝！」狄公板著臉說道，起身抖落腿上的橘皮，預備擠出人群。洪亮跟在後面，戀戀不捨地回望了最後一眼，那個為他們領座的女伶此時剛剛上臺。

「老爺，下面這一齣戲，」洪亮說道，「講的是一個年輕女人假扮男子的故事，也很精采哩！」

「洪亮，我們現在一定得回衙去。」狄公決然說道。

二人穿過熙攘的大街，狄公忽然開口說道：「洪亮，凡事總會出人意料！實話對你說，在我未入仕之前，曾經以為做個縣令，無非就像剛才在戲臺上看見的于判官那樣，整天高高在上，坐在案桌後方，面前跪著各色人等，聽他們訴說各種冗長離奇的情事，精心編造的謊言，或是自相矛盾的說辭，然後我突然抓住破綻，當堂斷案，嚇得歹人魂不附體、磕頭求饒！不過，如今我不至於再有此念了。」說罷二人大笑起來，一路走回縣衙。

回到二堂後，狄公對洪亮吩咐道：「給我沏一杯濃茶！你也來上一杯，然後預備好我的官服，再去白雲寺出席慶典，這一趟非去不可，著實令人生厭，我更願在此與你議論有關人命案的情形，但也不會有多大用處！」

洪亮端來熱茶，狄公慢慢呷了幾口，又道：「洪亮，如今我明白了為何你酷愛看戲，實在應該多去看看。起初貌似一團迷霧，錯綜複雜，一旦吐出要緊的一句話來，立時便豁然開朗。但願眼下這樁人命案也能如此！」說罷手撫長髯，沉思不語。

洪亮一邊將狄公的官帽從皮箱中小心取出，一邊說道：「最後那齣戲我從前看過，是關於冒充他人——」

狄公似是聽而不聞，忽然拍案叫道：「洪亮！我全都清楚了！如果真是如此，我本該早些想到才是！」思忖片刻又道：「給我拿蓬萊全圖來！」

洪亮連忙將大幅地圖鋪在書案上，狄公急急掃視一番，連連點頭，又起身在室內團團疾走，兩手抄在背後，濃眉緊皺。

洪亮緊緊盯著狄公，卻見他沒走幾個來回便停住腳步，靜立說道：「正是如此！總算事事都合了榫！洪亮，我們必須立時動手不可，事情很多，時間卻很緊！」

第十七回

高僧主持佛門盛典　假儒被揭顏面盡失

東門外的彩虹橋上點起了一排大燈籠，各色亮光在暗黑的溪水裡映出倒影。通往白雲寺的道路兩旁，豎起了兩排高桿，桿上懸掛著彩色小燈串成的圓環，寺廟內亦是燈籠火把一片通明。

官轎經過彩虹橋時，狄公只看到寥寥數人。舉行慶典的時辰已到，蓬萊百姓正雲集在寺內。狄公只帶了三名親隨與兩個衙役同行，洪亮坐在轎內，馬榮喬泰騎馬跟隨，兩名衙役舉著上書「蓬萊縣衙」的燈籠在前面開道。

官轎上了白雲寺山門前的漢白玉石階，狄公聽見眾僧正在齊聲唱經祝禱，並有響板銅鑼之聲夾雜其間，一股濃重的天竺薰香氣味撲鼻而來。

大雄寶殿前萬頭攢動，殿前的高臺之上，海月法師正盤膝端坐於朱漆寶座上，身著品級高貴的紫羅袈裟，肩上披著一條金色錦帶。左邊一排低椅上坐著顧孟賓、高麗坊的里長與兩名行會首領，右邊的高椅應是尊位，尚且無人，再過去則是軍營統領派來的百長，全身披掛，佩帶長劍，接著是曹鶴仙與另外兩名行會中人。

高臺前方搭起一座平臺，上面建起了圓形佛壇，正中央用四根鍍金桿子支撐起紫色遮篷，下面供奉的便是杉木雕成的彌勒佛像，四周還密密裝飾著綢緞鮮花等物。

只見五十名僧人圍坐在佛壇周遭，左邊的吹打演奏，右邊的齊聲唱頌。另有一隊身披盔甲、手持長矛的兵士，在平臺四周圍成一圈，圈外則是蜂擁而來的百姓。有幾個沒能擠到近前的膽大之徒，竟爬到附近柱子的石基上，看去岌岌可危。

官轎在庭院的入口處落地，四名身著明黃袈裟的年長高僧前來恭迎，引著狄公沿一條用長繩攔出的狹窄通道走向高臺。狄公一路走時，注意到人群中有不少水手，既有漢人也有高麗人，專為前來禮拜他們的護身佛。

狄公走上高臺，對海月法師略一躬身致意，道是因為要緊公事而有所延誤。海月和藹地點點頭，取出水盂來，朝狄公身上灑了幾點聖水。狄公上前就座，三名親隨立在身後，軍營百長、顧孟賓與其他本地士紳紛紛起身，對著狄公恭敬長揖。待眾人重又落座後，海月遞個眼色，一時鼓樂齊鳴，眾僧開始唱經頌佛。

唱經即將結束時，廟裡敲響了銅鐘。平臺上，慧本帶領十名僧人開始圍著佛壇繞行，手捧香爐不停搖晃，濃重的香煙籠罩聖像。聖像經過打磨後，發出美麗的深褐色光澤。

完成這一繞行儀式後，慧本走下平臺，來到海月的座椅旁，雙膝跪地奉上一卷黃綾，海月俯身接過，慧本起身又回到平臺上。

鐘敲三下，嗚聲在寺內回響，之後一片寂靜，開光慶典即將舉行。依照常例，應是由海月宣讀題寫在黃綾上的經文，然後將聖水灑在上面，最後將黃綾與其他一些小型法器同置於遮篷內的聖像後方，從而賦予它與山洞中供奉的檀木彌勒佛像同樣的法力。

海月正要展開黃綾時，狄公忽然起身，走到高臺一角站定，緩緩掃視人群，眾目睽睽之下，一身輝煌閃亮的墨綠錦袍更襯出官家威儀，金線製成的黑絲官帽在火把的光照下格外耀眼。狄公手撫幾下長髯，將兩手籠在寬大的衣袖中，朗聲說道：「佛家義理博大精深，對於我華夏民眾的德行舉止頗有教益，因此官府亦願欣然施惠，對寺院加以庇護。本縣在此代表官府行權，有責任保護白雲寺的清淨祥和，至於寺中供奉的彌勒聖像，既能護佑水手船工，保其出海平安，則更是不在話下。」

「阿彌陀佛！」海月口中念道，方才眼看慶典被打斷，不免有些著惱，此時卻點頭微笑，顯然十分嘉許狄公這即席而發的一番話。

狄公接著又說道：「有船業主顧孟賓捐資，仿造了一座彌勒聖像，今日眾人齊集，便是為了目睹這一神聖的開光典儀。坐像一經開光，從此便具有無上法力，官府已欣然同意過後派出兵士，將其一路護送至京城，以示敬意，並確保在途中不致發生任何不虞之事。」

「既然本縣對白雲寺內外負有全責，在同意舉行開光儀式之前，須得先檢驗此像是否名副其實，即所謂用杉木為料，仿照彌勒聖像精工雕成。此乃本縣義不容辭之務。」

人群中響起一片驚詫的低語聲。海月原以為狄公會致以賀詞，不想結果卻出人意料，一時目瞪口呆、不知所措。平臺上的一干僧人也騷動起來，慧本意欲下來與海月商議，卻被眾兵士攔住去路。

狄公舉手示意，等四周復歸寂靜，又大聲說道：「本縣將派手下隨從前去檢驗，看造像究竟品質如何。」說罷對喬泰示意。

喬泰快步走下高臺，又登上平臺，推開眾僧走到佛壇前，抬手拔出長劍。

慧本站到欄杆前，高聲叫道：「我等豈能坐視聖像橫遭玷汙？萬一惹得彌勒佛祖聖心大怒，不定還會危及此時正在海上的親友性命！」

人群中發出一陣怒吼，由眾水手領頭，一邊叫嚷，一邊朝平臺湧去。海月望著喬泰的高大身影，驚駭地合不攏嘴，顧孟賓、曹鶴仙與眾行首也面露焦灼，彼此竊竊私語。軍營百長環視眼前激憤的人群，不禁伸手握住劍柄。

狄公高舉雙手，厲聲喝道：「爾等退後！這座造像尚未開光，因此無須敬畏。」這時從院門口傳來「聽命從事」的喊聲。眾人回頭一看，只見數十名全副武裝的衙役守衛正直奔過來。

喬泰用劍身平拍一下慧本的禿頭，將他打倒在地，然後揮劍猛砍向佛像的左肩。只見長劍脫手掉在地上，佛像卻是絲毫無損。

「真是神跡！」海月欣喜若狂地叫道。

眾人紛紛朝前擠去，兵士們不得不掉轉矛頭衝外，將長矛平平端在手中，藉此阻擋人潮。

喬泰從平臺上跳下，眾兵士讓出一條道來。只見他直奔到高臺上，遞給狄公一小片從坐像肩上砍下的碎屑。狄公將那亮閃閃的物事高高舉起，使得眾人都能看見，又大聲說道：「此乃一場卑鄙無恥的騙局！正是這群假裝虔誠的騙子，才褻瀆了佛祖聖靈！」

在一片將信將疑的喧囂聲中，狄公繼續高聲說道：「這尊佛像並非由杉木雕成，而是用黃金鑄成的！一伙利慾薰心的歹人，希圖藉此將走私的黃金運到京師中去，從而牟得非法暴利，如此褻瀆神靈之舉，實在駭人聽聞！本縣這就將捐贈人顧孟賓及其同謀曹鶴仙、慧本拿下，白雲寺住持海月以及寺內一干僧人，也將以同案犯為由而悉數拘捕。」

此時眾人已平靜下來，方才明白了縣令老爺的意圖，既深為他的誠意所折服，也想得知更多內情。軍營百長鬆開緊握在劍柄上的手，長長出了一口氣，總算放下心來。

狄公又道：「顧孟賓褻瀆佛門淨地，欺瞞官府私運黃金，並謀害朝廷命官，首先帶上來！」

兩名衙役將顧孟賓從座椅上拽起，按倒在狄公面前跪下。只見他驚惶失措，面如死灰，渾身不住顫抖。

狄公厲聲說道：「待到回衙後，本縣再細數你這三樁罪行。爾等的罪行始末我已盡知，包括你們如何從日本高麗偷運來大量黃金，先送至高麗坊，再將金條藏匿在禪杖中，由徒步行走的僧人轉移到白雲寺中；案犯曹鶴仙如何在城西的古廟裡負責收取禪杖，再將金條夾帶在書籍中送至京城；前任蓬萊縣令王德化起了疑心後，你又是如何將毒藥偷偷置於王縣令書齋裡茶爐上方的屋梁中，暗害了他的性命；最後你又如何謀劃鑄造金佛，以期瞞天過海，一舉成就大事。還不快快招來！」

「小民冤枉！求老爺開恩！」顧孟賓高聲叫道，「小民從不知道佛像是用黃金鑄成，並且——」

「本縣已聽夠了你的一派謊言！」狄公怒道，「況且王縣令也曾留下消息與我，指明你便是殺人凶手！本縣這就拿證據給你看。」

狄公從袖中取出一隻漆盒，正是玉素交給喬泰之物，舉起嵌有一對金色竹枝的盒蓋，「你偷去了盒內的文書，以為銷毀了罪證，從此萬事大吉，但是卻沒料到王縣令機智過人，將線索就留在漆盒上！這盒蓋上的一對竹枝，不正是暗示著你那須臾不可離之的雙竿手杖麼！」

顧孟賓轉頭一瞥，只見那手杖正靠立在自己的座椅旁，正是用幾隻銀環將兩根竹竿合扣在一處，銀環在火把的照耀下閃閃發亮，於是啞口無言，默默垂下頭去。

狄公又冷冷說道：「王縣令生前還留下了別的線索，證明他深知你不但圖謀不軌，而且還打算害他性命。顧孟賓，本縣再次敦促你從實招來，包括你那一伙同謀的名姓！」

顧孟賓抬頭望向狄公，兩眼失神，口中喃喃說道：「我招……我招。」一揩揩額上的冷汗，頹然說道：「高麗僧人將金條藏在禪杖裡，乘坐小民的船隻，來往於高麗港口與蓬萊之間，慧本與曹鶴仙再將黃金從這白雲寺運至古廟，再轉運到京城去。我的幫手是金桑，慧本的幫手則是施賑僧慈海與另外十個和尚，名字我都知道，海月住持與廟裡其他僧人皆不知情。金佛正是在這廟裡由慧本監督鑄成的，用的是焚化慈海屍身的爐火。至於方師傅雕成的杉木坐像，如今藏在小民的宅中。金桑曾經僱了一個高麗匠人前去王縣令的書房裡，將毒藥偷偷放在屋梁上，過後便打發他乘船返回高麗了。」接著又抬起頭來哀哀望著狄公，大聲叫道：「小民發誓這全是依令行事而已，求老爺開恩！真正的罪魁——」

「住口！」狄公聲如雷霆，「休想再來扯謊！明日到了縣衙大堂上，你再替自己百般辯解不遲。」轉頭對喬泰說道：「替我拿下此犯，帶回衙裡去！」

喬泰迅速將顧孟賓的兩手捆在身後，押了下去，另有兩名衙役緊跟左右。

狄公又抬手一指，曹鶴仙正呆若木雞僵坐在椅中，看見馬榮前來捉拿，突然跳起離座，朝高臺另一頭跑去。馬榮朝前一躍，曹鶴仙企圖閃避，卻被馬榮揪住了鬍鬚末梢。只聽曹鶴仙大叫一聲，整副美髯掉落在馬榮手中，乾癟的下頜上只留下細細一條油膏布，已是扯落了半截，隨即長聲慘呼，舉手欲掩光光的下巴。馬榮上前擒住他的手腕，順勢捆在身後。

狄公嚴厲的面上浮出一絲笑意，心滿意足地自語道：「原來卻是個假髯公！」

假儒被揭顏面盡失

第十八回
狄縣令解說惡陰謀　神祕人終現真面目

午夜過後多時，狄公與三名親隨方才回到縣衙，又引著眾人徑去二堂。

狄公在書案後落座，洪亮忙去屋角的茶爐上沏了一杯濃茶。狄公接過呷了幾口，往椅背上一靠，開言道：「節度使倪守謙[7]大人乃是我大唐名臣，長於刑偵斷案。他曾寫過一部《縣令須知》，其中提到在辦案時，切不可拘泥固執於一種設想，而理應在查案過程中，不斷地重新審視檢驗之，並不斷與實情進行比照。若是發現了與設想不符的新事實，不應試圖曲解事實以迎合設想，而是應當改變設想以符合事實，或者全盤推翻放棄。諸位，我一向以為凡此種種都是顯而易見，因此無須贅述，然而在王縣令一案中，

7 即《迷宮案》中的人物。

我卻未能遵循這一原則。」淡淡一笑又道：「可見它並不如我所想的那樣淺顯易行！」

「當那狡猾的幕後策劃者聽說我將要赴任蓬萊時，便打定主意要布下圈套，好讓我忙碌幾日，運金佛去京城乃是重中之重，並且眼看就要大功告成了。在金佛離開蓬萊之前，他意欲使我誤入歧途，因此派了顧孟賓聲東擊西。顧孟賓得知金桑假託走私軍械而騙取了玉素姑娘的幫助，便靈機一動也如法炮製，四處散布走私軍械的謠言。我果然中了圈套，將走私軍械做為辦案的中心，即使在金桑吐露走私的實為黃金後，仍然堅信黃金是由我國運至高麗而去，雖然也隱約覺得如何獲利實在是個疑問。正是在今晚，我方才恍悟原來事情恰恰相反！」

狄公惱怒地揪揪長髯，眼見三名親隨正急切等待後話，便苦笑一下，接著說道：「唯一可為我的目光短淺做為藉口的，便是一連串偶然發生的事件，比如范仲被殺，顧太太失蹤，還有唐主簿的古怪舉止，從而使得局勢更加撲朔迷離。還有易本前來報告走私軍械的傳聞，他原本清白無辜，卻被我錯誤地懷疑了很久，等會兒我自會解釋這一錯誤。」

「今天晚飯後，洪亮帶我去聽戲，正是因此我才明白了謀害王縣令的凶手是誰。在某一齣戲中，有人曾將暗示凶手身分的字條藏在一枚杏子裡，但那字條只是為了轉移凶手的注意，杏子本身才是真正的線索！於是我猛然醒悟王縣令為何特意選了一個貴重的古董漆盒來存放文書，因為盒蓋上的一對金色竹枝正是暗示顧孟賓的手杖。既然王縣令對謎語頗為愛好，我甚至懷疑他還暗示黃金正是藏在竹杖中偷運來的，不過只能不得而知了。」

「一旦得知凶手是顧孟賓，我才明白當他與我同去飯館之前，打發金桑離開時說的話有何深意，當時他說：『你且自去行事，心中該有數吧』，顯然他二人已議論過如果我探得實情的話，應當如何斬草除根以絕後患。我愚蠢地信口道出白雲寺的僧人可能在古廟裡做些不法勾當，甚至還提到顧孟賓捐贈的佛像即將運往京師，正是這些閒話，使得他以為我已盡知一切！在用飯時，我為了讓顧孟賓談論其妻，還隱約暗示顧太太意外捲入了其夫的某個計畫之中，顧孟賓聽了，自然以為我是在表明真相漸已大白，且隨時都可能將他捉拿歸案。」

「其實那時我離真相尚且遠而又遠，還在苦苦思索黃金如何能從內地偷運到古廟去。然而就在今晚，我自問顧孟賓與曹鶴仙到底有何關聯。曹鶴仙有個堂兄住在京師，原是個不通世務的書呆子，因此很容易被人利用而不會生疑，曹鶴仙可能將顧孟賓介紹給這位堂兄認識，從而助他將黃金從京師運至蓬萊。就在那時，我又記起曹鶴仙說過每隔一陣就會送一批書到京城去，於是終於眼前一亮，原來黃金是從他國偷運進來，而並非從我國偷運出去的！一伙狡猾的賊人正是因此逃過了高昂的關稅和路稅，集合起大量低價黃金，通過操控金市來牟得暴利。」

「但是還有一個難點，仍令我一籌莫展。操控金市的陰謀，只有在獲得相當大量的黃金後方可實現，雖然從高麗能低價購入黃金，但仍需先支付一大筆錢，還必須足以影響到京城的金市才能真正牟利，僅憑禪杖和書箱裡裝的區區幾根金條自是遠遠不夠。並且在我赴任之後，那伙人顯然已改弦更張、另闢蹊徑，因為曹鶴仙說過家中所有藏書都已運完了。於是我才明白他們為何如此急於行事，也就是說，很快便會有數量巨大的黃金將要運到京師去。至於如何成行，答案自然就是那尊顧孟賓捐贈、將由官府護送至京城的佛像了。」

「這一計畫實在膽大包天，足見主謀是個絕頂聰明之人。我也最終明白了馬榮喬泰在河邊目睹的怪案究竟是怎麼回事。我查過蓬萊地圖，發現顧孟賓的宅子就在第一座橋附近。你二人定是在霧中對距離判斷有誤，以為事情發生在第二座橋附近，並且第二天還去四處打問。易本正好住在那裡，因此一度加深了我對他的懷疑。他雖然人品不佳，卻始終清白無辜。不過除此之外，你們並沒有看錯，只不過顧孟賓的手下打落入水的並非是一個大活人，而是仿照佛像所塑成的泥佛！顧孟賓正是用此泥佛暗中製出了鑄金佛的模具，然後再將那模具裝入紫檀木箱中送往白雲寺，海月倒是從未疑心有詐。後來慧本打開箱子，以焚化慈海的屍身為由，燃起了一把大火，將集中在一處的金條熔化後鑄成佛像。我曾親眼見過那紫檀木箱，當時還心中思忖焚屍居然需要恁大的爐火，但卻不疑有他。就在兩刻鐘之前，我們從白雲寺去了顧宅搜查，發現方師傅雕成的杉木佛像被鋸成齊整的十來塊，顧孟賓預備運到京城後重新合在一處，然後獻給白馬寺，與此同時，再將金佛交與主謀。泥佛倒是容易處置，打成碎片沉入河中便是，因此馬榮才會踩到泥漿，還有黏在上面的糊紙。」

「如此說來，」馬榮說道，「我很高興自己這雙眼睛還靠得住，不然真要疑心是不是將一筐子垃圾錯看成盤腿而坐的活人了！」

「敢問老爺曹鶴仙為何要參與此事？」洪亮問道，「他畢竟是個學者，而且——」

「曹鶴仙愛慕奢華，」狄公說道，「家業敗落後，不得不搬到鄉下居住，對此始終耿耿於懷。他樣樣都是虛假，就連鬍子也不例外！顧孟賓主動拉攏，並應許給他相當分額的紅利，他抵擋不了這一誘惑。慈海在半夜撞見顧太太和白凱時，手持的禪杖中就藏有金條，即是曹鶴仙定期收取的部分紅利。顧孟賓對曹小姐心生覬覦，竟至忘了小心謹慎，逼著曹鶴仙將女兒嫁給他，實是犯下大錯，從而證實這二人之間確有關聯。」

狄公長嘆一聲，飲了一杯熱茶，又道：「顧孟賓雖然生性貪婪，且又殘忍無情，但卻並非這伙人的主謀，只是個依令行事的走卒而已。但我暫且不能讓他吐露出罪魁的名姓，因為很可能還有其他爪牙會通風報信。我將派一隊騎兵連夜趕去京城，向大理寺卿告發那罪魁禍首，此時他們正等在外面，領隊的什長告知我說范仲的僕人老吳已被拿獲，正是在企圖賣掉馬匹時被捉住的。阿廣逃離田莊之後，老吳很快發現出了人命，因為害怕被懷疑為凶手，於是盜了錢箱和馬匹逃之夭夭，正與我們推斷的一模一樣。」

「一手策劃並主持這走私案的罪魁禍首，究竟是誰？」洪亮問道。

「自然就是那奸詐歹毒的白凱了！」馬榮叫道。

狄公微微一笑，說道：「洪都頭的問題，我著實答不上來，因為不知到底是何人。我正等著白凱前來自報家門。事實上，我奇怪他為何還不現身，自打從白雲寺回城，我便希望他會立即前來。」

三名親隨聽罷十分錯愕，正七嘴八舌地發出一串疑問時，只聽有人叩門。班頭進來稟報白凱沒事人似的走進縣衙大門，守衛立時拘捕了他。

「帶他進來，」狄公平靜地吩咐道，「無須守衛押送。」

白凱剛一進門，狄公急忙立起，拱手一揖，恭敬地說道：「王先生請坐，我早就盼著能與先生謀面哩！」

「我亦有此意！」來者泰然答道，「議論正事之前，還請先許我稍稍洗一把臉！」就在洪亮等三人目瞪口呆之際，只見白凱徑直走到茶爐前，從熱水盆裡取出一條手巾揩揩臉面，再轉過身時，頰上的紫斑與紅鼻頭都已消失不見，看去不再顯得面目浮腫，眉毛也變成細長直立，又從袖中取出圓圓一片黑膏藥，抬手貼在左頰上。

馬榮喬泰倒吸一口涼氣，眼前正是在棺材裡見過的那張臉孔，一齊大聲叫道：「死了的王縣令！」

「此乃王縣令的孿生兄弟，」狄公更正道，「戶部員外郎王元德先生。」又向王元德說道：「那塊胎記一定使你們兄弟避免了很多尷尬誤會，對令尊令堂而言，想必更是如此！」

「一點不錯。」王元德說道，「除了這塊胎記，我二人實在太過相像。長大成人後倒是沒甚要緊，因為胞兄一直外放，而我卻向來在戶部行走，並沒幾個人知道我們原是孿生兄弟，不過這些都無關宏旨。狄縣令，我來這裡是為了向你致謝，因為你不但勘破了胞兄被害一案，而且我也被那殺人凶手在京師裡誣告，正是你給了我討回清白的必要證據。今夜我假扮成和尚，混跡在白雲寺內，親耳聽你講述如何破獲這一謎案的經過，實話說我只是隱約有所懷疑，卻從未深入查證過。」

「我猜那顧孟賓的主使，」狄公急急問道，「應是京師裡的高官吧？」

王元德搖頭答道：「非也，那人年歲不大，卻是墮落一道上的老手，正是大理寺的侯主簿，戶部郎中侯廣的姪子。」

狄公面上變色，不禁叫道：「侯主簿？他原是我的一個朋友！」

王元德聳一聳肩，說道：「人們對於知交好友也常常會看走了眼。侯主簿年紀輕輕，又天資聰穎，假以時日，定能在仕途上大有所為，但他自以為找到了一條通往榮華富貴的捷徑，那就是利用欺詐手段，並且當陰謀敗露時，甚至不惜幹出殺人害命的勾當。加之情勢對他亦十分有利，因為從其叔父那裡可知曉戶部的各項事務，做為大理寺主簿，又能過目所有公文。他才是整個陰謀的罪魁禍首。」

狄公不禁抬手捣住兩眼，這才明白六天前在悲歡閣內送別時，侯主簿為何一力堅持要自己棄任蓬萊，他那懇切的眼神至今猶在目前。至少這一番情誼，總還不全是虛假，如今卻是自己一手導致了侯主簿的身敗名裂。狄公想到此處，勘破疑案後的欣喜之情頓時煙消雲散，朝王元德悶聲問道：「不知王先生最初是如何發現蛛絲馬跡的？」

「我在算學計數上薄有幾分天賦，」王元德答道，「正是因此，才能在戶部節節升遷。一個月前，我留意到關於金市所做的定期呈文中有些異樣，懷疑正有廉價黃金暗中流入國境，於是單槍匹馬私下進行調查，不料下屬小吏竟是侯主簿的眼線。侯主簿得知胞兄正是蓬萊縣令，蓬萊恰好又是他們走私黃金的源頭，於是十分錯誤地以為我們兄弟聯手與他為敵。實際上，家兄僅有一次在信中提過疑心蓬萊是走私重地，我也並未將此傳聞與京師裡的黃金非法交易連繫在一處。但是侯主簿卻犯了一個屢見不鮮的錯誤，即過早斷定其陰謀已經敗露，於是孤注一擲、鋌而走險。他不但指使顧孟賓害死胞兄，還殺死了小吏，又從金庫中取走三十錠黃金，將罪名全都栽在我的頭上，讓他叔父出面告官。幸好我在被捉之前逃脫出來，於是假扮成白凱來到蓬萊縣，正是為了探得侯主簿一伙走私的證據，為家兄報仇雪恨，並洗刷我那些子虛烏有的罪名。」

「狄縣令的大駕光臨，令我十分為難，既想與你聯手，又不能暴露自家身分，因為一旦暴露的話，你出於職責，必須將我立時羈押並解送回京，但我想盡辦法暗中助你一臂之力，主動接近你那兩名親隨，並引他們去花船上，為的是讓他二人對我認為可疑的金桑和那高麗女子產生興趣，此舉倒是頗為成功。」說到此處抬眼一瞥，喬泰連忙埋頭喝茶，「我還試圖引得他們去留意廟裡的和尚，不過未能十分奏效。我也曾懷疑和尚與走私黃金有涉，卻沒能發現任何線索。我一直密切監視白雲寺，河上的花船做為監視地點很是便利。那天夜裡，我看見施賑僧慈海偷偷摸摸離開寺院，便悄悄尾隨其後，可惜還沒來得及問出他去那破廟裡做何勾當，他就倒地身亡了。」

「我向金桑探聽得太多太細，使他起了疑心，因此同意帶我一道乘船去高麗坊，還想著能將我順手一併除掉哩。」又轉向馬榮說道：「在船上惡鬥時，他們一力對付你，以為我微不足道，過後隨便就能幹掉，實為大謬。沒承想我隨身總帶著一把匕首，剛剛開打時，有人從身後抱住你，正是我一刀刺在了他後背上。」

「那一刀可真是及時的很哩！」馬榮感激說道。

「我聽見金桑臨死前說的話之後，」王元德又道，「方才明白自己對走私黃金的懷疑果然為實，便划了小船立即趕回住處取我的箱子，那裡面裝著許多要緊文書，包括侯主簿對我的誣告，還有他操控金市的證據，千萬不可讓金桑的同伙盜了去。既然『白凱』已引起懷疑，我就索性放棄這一身分，轉而改扮成了一個雲遊僧人。」

「看在大家一同喝酒廝混的分上，」馬榮怨道，「你在離船之前，至少也該解釋一二才是。」

「幾句話哪裡解釋得清。」王元德答道，轉向狄公說道：「這兩條好漢雖然舉止粗魯了些，卻很是得力。他們可否會一直為你效力？」

「當然。」狄公答道。

馬榮面露喜色，輕推喬泰一下，「老兄，這下我們就不必去那天寒地凍的北方邊陲遭罪了！」

「我之所以假扮成白凱，」王元德又道，「因為深知若是扮成放浪詩人和虔誠佛徒的話，遲早會遇上家兄曾結交過的那一干人，並且身為一個行為乖張的酒鬼，我便可以在城裡不分晝夜地隨時隨地遊走，而不會招致懷疑。」

「你這角色真是挑選得十分精心。」狄公說道，「我會立即起草一份告發侯主簿的呈文，然後交由巡兵火速送往京師。謀害朝廷命官屬於重罪，因此我可繞過刺史與節度使，直接呈至大理寺卿的案前，他將會立即下令緝拿侯主簿。明天我將審問顧孟賓、曹鶴仙、慧本等一幹案犯，並盡快將結案呈文送往京師。至於王先生，依例我不得不將你暫時羈留在這衙內，以俟朝廷發來官文，撤銷對你的不實指控。在這期間，我還想趁此良機，向先生詳細請教此案中有關經濟財政的細節，並徵詢有關本縣田地稅的最終精簡事宜，還望不吝賜教。我研讀過有關文卷，覺得農民所承擔的稅賦未免過於沉重。」

「十分樂意效勞！」王元德說道，「還有一事，你是如何識破我的真實身分的？我想我所知的一切皆已和盤托出。」

「當我在內宅走廊上撞見你時，」狄公答道，「也曾懷疑過你就是凶手，為了從容搜尋王縣令留下的證據，從而假扮成被害人的亡魂。此事令我心中難平，於是就在當天夜裡悄悄潛入白雲寺內，查看了令兄的屍身，結果卻發現實在太過相像，縱使刻意裝扮，怕也不能如此唯妙唯肖，因此斷定遇見的果然就是令兄的亡魂。」

「就在今晚，我才偶然發現了真相。我看了一齣有關孿生兄弟的戲，他二人僅有的差別是其中一人缺了一根手指，不由想到若是王縣令也有一個孿生兄弟的話，他輕易便可扮成鬼魂模樣，必要時在臉頰上貼塊或畫塊胎記便可，於是又懷疑鬼魂究竟是否為真。唐主簿說過王縣令的親屬只有一個兄弟，且從未與縣衙通過音訊。『白凱』正是在王縣令被害之後來到此地，又對此案深感興趣，通過曹小姐和一個眼光敏銳的飯館夥計的描述，更使我懷疑他是由某人假扮而成的角色。凡此種種，皆表明『白凱』是唯一合契之人。」

「如果王先生的尊姓不是碰巧居於張王李這幾個大姓之中的話，我可能會早些識出你來。當日離京外放時，你的被控與失蹤正引起一場軒然大波。事實上，到底還是『白凱』出類拔萃的理財手段提供了線索，使我想到或許與戶部有所瓜葛，然後才恍悟原來被害的縣令與潛逃的戶部員外郎居然都姓王。」

狄公嘆了口氣，捋著頰鬚思忖半晌，才又說道：「若是換了別個見多識廣的縣令，定能提早勘破此案。但這是我頭一次外放，只是個初出茅廬者。」說罷打開抽斗，取出一本簿冊遞給王元德，「這裡面全是令兄親手所錄，至今我仍是不解其意。」

王元德一邊慢慢翻閱，一邊研究其中數目，半晌後說道：「我雖不敢苟同家兄的德行不謹，但無可否認的是，他一旦選定鵠的，便會十分精明。這是一份關於顧孟賓名下船隻的詳細進港記錄，包括入港稅、進口稅和所付的乘客人頭稅數目。家兄定是注意到進口稅過低，如此一來，顧孟賓怕是沒能運進足夠的貨物以償付其各項費用；同時人頭稅又過高，說明船裡一定載客奇多，這些都引起了他的懷疑，並聯想到了走私上去。家兄天性懶散，不過一旦遇見什麼事令他好奇心大發的話，就會用起全副心思孜孜以求，不遺餘力，直至查個水落石出，自從孩童時便是如此，這應是他平生解出的最後一個謎題了。」

「多謝多謝，」狄公說道，「如此一來，我的最後一個謎題也便迎刃而解，還有關於鬼魂的疑惑，也從你這裡得到了解答。」

「我深知若是假扮成家兄亡魂，在縣衙裡四處探查的話，」王元德說道，「即使被人發現，料他也不敢上前攔阻。我之所以能隨意進出衙院，是因為家兄在被害前不久曾給過我一柄開啟後門的鑰匙，顯然他已料到將會遭遇不測，又將漆盒託付給那高麗女子則是另一明證。我在書齋中翻檢時，不巧撞到查案官，在二堂內尋找家兄的私信時，又撞見了老主簿，查看家兄的一應家什器具時又意外遇見了狄縣令，那時甚是無禮，在此衷心致歉！」

狄公苦笑一下，說道：「我樂意接受！還有昨晚在白雲寺內，你又一次扮作鬼魂出現，著實救了我一命。須得說這一遭真是嚇得我不輕，你那手掌看去真如透明一般，隨後突然在霧中消失不見，敢問究竟是如何做得那般令人毛骨悚然的？」

王元德越聽越驚詫，到底困惑地說道：「你說我在你面前又一次出現？想必是弄錯了！我從沒在白雲寺裡假扮過家兄的亡魂。」

話音落後，四座皆寂。此時從庭院中隱隱傳來聲響，不知何處有一扇門正輕輕關閉。

後記

中國古代探案小說有一大共同特色，即總是由案件發生地的縣令充當偵探的角色。縣令負責主管轄區內的行政事務，通常包括城牆圍繞的縣城和大約方圓二百里的鄉下，並負有多種職責，不但全權管理收稅、出生死亡婚姻的登記、田地即時註冊，還要維持治安、主持斷案、緝拿並懲罰罪犯、聽取所有民事及刑事案件。由於縣令實際掌管著百姓日常生活的方方面面，因此通常被稱為「父母官」。

縣令向來公務繁重、勞碌過度。他與家人同住在縣衙大院內一處分割開來的獨立院落中，依例每天須將所有時間都用於辦理公務。

在中國古代官僚政治系統中，地方縣令處於這一龐大金字塔的最底層。他必須向主管二十多個縣的刺史匯報，刺史又向主管十來個州的本道觀察使或節度使匯報，觀察使或節度使再向位於京城的中央部門匯報，皇帝則居於最高地位。

任何平民，無論出身是貧是富、家世背景如何，一旦通過科舉考試都可步入仕途，成為一名地方縣令。就這一方面而言，當歐洲尚在封建制度下時，中國的政治系統已經具有了相當民主的一面。

縣令的任期一般是三年，之後將改任其他地方，直至被擢升為刺史。這一升遷是有選擇性的，完全依其實際政績而定，因此資質平庸者通常做縣令的時間會更長。

縣令在履行日常職責時，有縣衙內的一班永久人員輔助，比如衙役、書辦、獄吏、仵作、守衛及走卒。但是這些人只辦理例行公務，並不牽涉辦案。

辦案由縣令親自主持，並有三四個親信輔助。這些親信常是縣令初入仕途時便挑選出來並一路追隨的，其地位高於縣衙其他人員。他們在當地無親無故，因此辦理公務時更少為私人考慮所影響和左右。出於同樣原因，本鄉本土之人不能被任命為當地縣令便成了一條定例。

本書提供了中國古代法庭的基本規程。每逢開堂時，判官在案桌後就座，親信與書辦分立左右，案桌擺放在高臺之上，桌面上鋪有一幅垂至地面的紅布。

衙役們在高臺前方排成左右兩列，彼此相對而立。在整個訟告期間，原告與被告都必須雙膝跪在光禿禿的石板地上，夾在兩列衙役之間，並無律師從旁協助，也可能沒有證人，其處境很難令人歆羨。整個程序事實上是為了對平民百姓形成威懾作用，造成一旦牽涉進法律便會後果嚴重這一印象。縣衙每天依例開堂三次，分別在早晨、正午和午後。

中國法律有一條基本原則，即任何人在自行招供罪行之前，不得被判有罪。有些頑固死硬的罪犯即使面對鐵證仍會拒絕認罪，並藉此逃避懲罰。為了避免發生此種情形，允許依法用刑，比如用鞭子或竹板抽打，枷手或枷踝。除了這些法定許可的刑罰外，縣令常會使用更加嚴酷的手段。但是，如果被告受到永久的身體傷害或是死於酷刑之下，縣令及其整個衙內人員都將受到極其嚴厲的懲處。因此，絕大多數縣令更依賴其精明的心理洞察力和下屬的知識來辦案，而並非一味使用酷刑。

總而言之，中國古代的政治體系運行相當良好。上層的嚴格管束避免了越軌不法行為，公眾評議則是另一種約束邪惡或瀆職縣令的方式。死刑須得皇帝批准，任何被告都可向更高一級的法律系統提出申訴，最高可訴至皇帝面前。縣令不可私下審問被控告者，包括初審在內的所有聽審都必須在縣衙大堂上公開進行，一切過程都將被詳細記錄下來，並呈報給上一級官員以供檢查。

狄公是中國古代著名判官之一，歷史上實有其人，是唐代的一位著名政治家，其全名為狄仁傑，生於公元六三〇年，卒於七〇〇年，年輕時曾歷任地方縣令，由於勘破了許多疑難案件而贏得聲譽。正是由於他享有斷案如神的名聲，在後來的許多中國公案小說裡，他被塑造成一位英雄人物，當然這些小說的大多數內容並無史實基礎。

狄仁傑後來官至宰相，對於國家政事有過許多良好建議，起到了有益的影響。當時大權在握的武后想要將皇位傳給自己喜愛而並非合法的繼承人，正是由於狄仁傑的強烈反對而打消了這一念頭。

在所有中國公案小說中，縣令總是同時辦理三樁或者更多完全不同的案件，筆者在此書中也沿用了這一饒有趣味的特色，將三個案件組織成為一個連續的故事。依我看來，在這一點上，中國公案小說比西方偵探小說要更加符合實際，在一個人口眾多的地區內，主管者同時辦理多個案件才是唯一合理的方式。

筆者借用了中國明代小說中所描寫的風俗，即十六世紀時的風土民情，而本書背景則是在幾百年之前的唐朝，書中的插圖也同樣借用了明代的服飾習俗，而並非是唐代。敬請讀者注意那時的中國人並不吸菸草或是鴉片，也不留辮子——這是公元一六四四年滿族人入主中原後才強加於漢人的習俗。男子留長髮並盤成頂髻，無論在室內或室外都頭戴冠帽。

小說素材來源

謀害縣令一案取材於中國原本《狄公案》中的「毒殺新婦」一節，此篇見於中國小說《武則天四大奇案》中，筆者將其書譯成英文，並以《狄公案》為名出版（東京，一九四九年），其中講述一位新婦在新婚之夜被意外毒死，後來查明在廚房的屋梁上盤踞棲息著一條蝰蛇，且正好處於茶爐的正上方，當開水的熱氣蒸騰時，蝰蛇便伸出頭來，並將毒液吐入滾水裡。筆者改動了某些情節，但完全借用了狄公發現真相的前後經過，即房梁上的塵土落入茶杯中一節。文森特・史塔雷特（Vincent Starrett）在其名篇〈中國探案故事〉（"Some Chinese Detective Stories", *Bookman's Holiday*，蘭登書屋，紐約，一九四二年）中曾經指出過，這一情節令人想起了幾百年後柯南・道爾（Arthur Conan Doyle）所寫的《花斑帶探索》（*The Adventure of the Speckled Band*）。

書中關於高麗國的部分，來自埃德溫・賴肖爾（Edwin O. Reischauer）的研究著作《圓仁唐代中國之旅》（*Ennin's Travels in T'ang China*，紐約，一九五五年）[8]。公元

8 《入唐求法巡禮行記》是日本僧人圓仁（794–864）隨第十九次遣唐使團入唐求法巡禮過程中，用漢文所作的一部日記體遊記著作，對九世紀中國的社會風俗進行了詳盡描述，是研究晚唐歷史的重要史料之一。埃德溫・賴肖爾（1910–1990）是美

九世紀時，一位日本僧人遊歷中國，並留下旅行日記，在此日記的基礎上，他揭示了高麗船運對於唐代中國的重要性，以及高麗人在中國東北沿海地區定居並享有治外法權的歷史事實。本書還證實了中國行政制度在唐代已經發展到了何等的高度，旅行者在官道上沿途都要受到盤查，從一地到達另一地，需要多種官方文書才能成行。

新婦失蹤及凶殺案取材於《古今奇案匯編》（上海，一九二一年），是卷七《誤殺奇案》中收集的一系列舊案之一，講述一個女子受了輕傷，待凶手離開後自行逃走[9]。故事本身不是很有說服力，因此筆者加入了鐮刀的因素，又將其改寫一番以照應走私黃金的情節。

鬼神和人獸同體在中國小說裡相當常見，對這些玄怪神祕主題有興趣的讀者，可以參見翟理斯（H. A. Giles）翻譯的《聊齋志異》（*Strange Stories from a Chinese Studio*，初版：倫敦，一八八〇年；美國版：紐約，一九二五年）。老虎在滿洲和中國南方省分裡都為數不少，但是馬可．波羅說過老虎以前在北方也出現過，因此在這些地區內旅行漫遊頗不安全。

本書第十五回中，狄公關於婦女地位的開明主張，看似是前後倒置的歷史時代錯誤，實則並非如此。從很早的時候起，就有中國作家為女性立言，並反對男權倫理，當然無可否認的是直到一九一二年中華民國成立後，才開展了大規模的婦女解放運動，並且這些激進觀點並未被普通中國民眾所欣然接受。敬請參照林語堂收在《子見南子及英文小品文集》（*Confucius Saw Nancy and Essays about Nothing*，商務印書館，上海，一九三六年）一書中的〈古代中國的女權思想〉（"Feminist Thought in Ancient China"）一文。

第十六回中關於遺產分配不公的第三齣戲，取材於中國古代筆記小說《棠陰比事》，書中記載此案的判官是十一世紀的北宋著名諫議大夫張齊賢[10]。筆者已將此書譯成英文出版。

與狄公案系列小說中的其他幾冊一樣，筆者仍然嘗試在插圖中展示出以前未曾披露過的中國家庭生活的方方面面，因此，在第六回中，讀者會看到圖中有一張樣式簡單的

國歷史學家與外交家，曾任美國駐日本大使，一九三九年因對日本天台宗三祖圓仁法師所著的佛教史傳《入唐求法巡禮行記》的研究獲得哈佛大學博士學位，一九五五年出版了研究著作《圓仁唐代中國之旅》與《入唐求法巡禮行記》英譯本。

9 似為卷七之〈錯中錯〉一則，不過與作者此處所述不完全相符。此卷中另有情節頗為雷同的〈高密疑案〉、〈案中案〉兩則。

10 四部叢刊續編本《棠陰比事》，商務印書館，上海，一九三四年。其中有〈齊賢兩易〉一則，並註明引自北宋司馬光《涑水記聞》。原文如下：「張丞相在中書，有戚里爭分不均，又因入宮訟於上前，更十餘斷不伏。齊賢曰：此非臺省所能決，臣請自治之。一日，坐中書堂，召至，問之曰：汝非以彼所分財少乎？皆曰：然。即命各責狀結實，因遣兩吏趣徙其家，令甲入乙舍，乙入甲舍，貨財皆按堵如故，文書則交易之，訟者乃止。」

床，在第十五回的圖中則是一副相當精美繁複的床架，在第十一回的圖中還有一隻中國式熔爐和一對風箱。這些圖畫仍是模仿明代書籍插圖所繪，裸女形象則是仿照同一時期的春宮圖。有一點必須說明，中國古代關於性愛的禁忌，與我們西方的有所不同，正是因此，他們完全不能理解西方傳統中的遮羞布。中國人極其反對繪畫中出現女子的裸足，認為這非常下流且不堪入目，雖然近年來已被視為陳腐觀念，不過筆者為了以後的中文版發行考慮，還是認為在繪製插圖時，將女子的裸足加以隱藏更為明智。

高羅佩

譯後記

《黃金案》雖然是狄公案系列小說的開篇故事，實則卻是高羅佩先生創作的第四部小說。一九五六年，他擔任荷蘭駐黎巴嫩與敘利亞公使時，在貝魯特寫成此書，前後大約花了六週時間，後來依照初稿而出版。高羅佩先生曾在其他地方註明，寫作此書時，第一次覺得終於找到了一種方式，既可令自己滿意，同時也可被東西方讀者所接受。這一進步表現在此書中僅需要二十二個人物（相比之下，《銅鐘案》裡有二十七人，《迷宮案》裡有二十四人，《湖濱案》裡有二十六人）。在此書中，狄公的幾名隨從已成為有血有肉的人物，包括其他角色也是生動鮮活，比如海月法師與曹小姐，不過曹鶴仙顯得有些過度，並不具有足夠的說服力[11]。一九五八年，本書的荷文本由荷蘭梵胡維出版社（W. van Hoeve Ltd.）出版，書名為*Fantoom in Foe-lai*，意為「蓬萊鬼」。一九五九年，

11 巴克曼、德弗里斯著，施輝業譯，《大漢學家高羅佩傳》，海南出版社，二〇一一年，第二一六、二一七頁。

英文本由英國麥可．約瑟夫出版社（Michael Joseph Ltd.）出版，書名為 *The Chinese Gold Murders*。

本書中的地名「蓬萊」，在地圖中寫作「平來」，荷文本是 Foe-lai，英文本則是 Peng-lai。考慮到中國的實際情況，譯者採用「蓬萊」一名。

譯者在南宋桂萬榮《棠陰比事》一書中曾讀到〈玉素毒郭〉一則，其中提到下毒與高麗人，疑為書中高麗女子玉素之出處，原文如下：

> 唐中書舍人郭正一，有婢玉素，極姝豔。正一夜須漿水粥，非玉素煮之不可，玉素乃毒之。良久覓婢並金銀器不得，錄奏，敕令長安萬年尉石良捕之。石良主帥魏昶，有策略，喚舍人少年家奴三人，布衫籠頭，及縛衛士四人，問十日內何人覓舍人家。衛士云有投化高麗留書遺付舍人牧馬奴，索驗之，乃云金城坊中有一空宅，更無他語。石良往彼處搜之，至一宅，封鎖甚密，打開，婢與化士並在其中，乃是化士共牧馬奴藏之。奉敕斬於東市。

後在南宋鄭克《折獄龜鑑》卷七之〈跡賊〉中見有「魏昶」一則，敘述更為詳細，且指明郭正一「破平壤，得一高麗婢，名玉素，極姝豔，令專知財物庫」。後來又看到高羅佩先生的譯著英文本《棠陰比事》，在〈玉素毒郭〉一則後附有詳細註解，足證先前的猜測不謬。試譯全文如下：

《折獄龜鑑》的編者在書中作註，指出郭正一從未去過高麗，且從未與奴婢有涉，足見此事是從唐代小說中借用而來。然而這一案件顯示出許多典型的特色，因此不大可能是虛構而成，很可能曾經發生在其他中國官員的身上，其人參加過對高麗的戰役，或許正是公元六六六八年唐軍占領並劫掠平壤的時候。不幸的是書中只提供了一個極為簡略的梗概，但是有一點似乎很清楚，即故事背景是高麗人密謀報復中國的征服者，否則魏昶的計謀就會令人迷惑不解。還有一點可以想見，即中國官員從高麗戰役中不僅帶回了年青美麗的奴婢，還有為數不少的僕人，包括衛士和馬夫。魏昶深知當堂審問宅內的高麗人毫無用處，因為他們必會袒護那女奴，於是才選了郭家的三名中國僕人（在《折獄龜鑑》與元版《棠陰比事》中附有「端正」二字，意為正直忠誠），並讓他們表現出似是心向高麗，於是方可確保衛士對他們道出真情。魏昶利用郭家的僕人而不是自己的手下，無疑正是為了這一目的，因為前者能夠查明衛士所言是否為實。

另外，從小說的前言和正文中，可知高羅佩先生借鑑了有關唐朝時中國與高麗戰爭的歷史背景。唐朝初年，朝鮮半島上存有新羅、高句麗與百濟三國。六六〇年，「百濟恃高麗之援，數侵新羅，新羅王春秋上表求救」，左武衛大將軍蘇定方率領唐軍，「水陸十萬以伐百濟」，並聯合新羅，於八月攻破其都城，百濟王義慈與太子等人皆降，唐朝在百濟故地上設置了熊津、馬韓、東明、金連、德安五個都督府[12]。滅亡後的三年裡，百濟曾展開過復國運動，但最終失敗。六六三年八月，在白江口發生的水戰中，唐朝、新羅聯軍戰勝了倭國、百濟聯軍。六六八年，唐軍伐高句麗，「九月，癸巳，李績拔平壤」，分其境為九都督府、四十二州、一百縣[13]。若是以史實與本書故事發生的時間來比照，書中的玉素似為百濟人，但考慮上述高麗婢玉素之原型，譯者還是一律採用高麗之名。倭國係日本古稱，《古今圖書集成》中記載：「咸亨元年，倭人始更號日本，遣使賀平高麗。」咸亨元年即公元六七〇年，不過此次更名似未獲得唐室立即承認——直至武則天當政的長安三年（公元七〇三年）——故此唐代學者張守節在《史記正義》中說「武后改倭國為日本國」，其時間發生在本書故事之後。或許是為了方便大眾閱讀，高羅佩先生對上述史實做了簡化處理，在書中只用 Japan，因此譯者依據原文一律譯作「日本」。

本書中的白凱，原文中寫作 Po Kai，依照讀音規則可作「卜凱」。譯者在《大漢學家高羅佩傳》後附的〈人名地名中外文對照一覽表〉中，見到「李太白」寫作 Li T'ai-po 時，忽有所悟。高羅佩先生不但收藏有《李太白全集》，並且在著作中不時引用其詩句，書中的白凱詩酒風流、放浪不羈，尤其是第六回「醉相公吟詩對明月」一節，大有太白的瀟灑風神，且所吟詩句似是取自李白〈月下獨酌〉其一、其四之意，因此將人名定為「白凱」。

本書第二回狄公收服馬榮、喬泰一節中，曾提到「全有或全無」，原文是 all or nothing，若從字面作解，可為「全有或全無」，若是採用引申義，則可為「孤注一擲」，或「要麼全力以赴、要麼索性不做」。由於這是挪威劇作家易卜生（Henrik Ibsen）名作《布朗德》（*Brand*）中的名句，高羅佩先生在此或有一語雙關之意，否則不會藉喬泰之口將其奉為人生信條。特此說明，敬請讀者見仁見智。

---

12 見《資治通鑑・唐紀》之高宗顯慶五年。

13 見《資治通鑑・唐紀》之高宗總章元年。

此回中提到的鑄劍師三點，英文名為Threefinger，直譯當為「三指」。高羅佩先生的傳記中曾提到三合會這一組織，在荷屬東印度又稱三點會[14]，英文版中寫作Three Finger Bond，因此譯者採用「三點」一名。

第十五回中唐主簿自述變為人虎的經歷，其中某些細節，與日本作家中島敦的著名短篇小說《山月記》中李徵自述如何化為猛虎的過程不無相似之處。關於人虎，高羅佩先生在另一部著作《長臂猿考》中也曾有所提及：「公元一世紀，佛教從印度傳入中國。佛教認為所有動物皆有靈魂、靈魂可以輪迴之教義結合中國古老的有關動物長於採氣的理念，強化了炎黃子孫有關動物的神祕性觀念，他們甚至相信動物能化身為人類，反之亦然，諸如廣為流傳的虎人、狐人等傳說。」[15]關於人虎與鬼魂顯靈等問題，高羅佩先生在《鐵釘案》一書的〈後記（二）〉中亦有解說，有興趣的讀者敬請參閱。

本書第十六回中提到的于公，當是西漢丞相于定國之父。《漢書》卷七十一有載：「于定國字曼倩，東海郯人也。其父于公為縣獄吏、郡決曹，決獄平，羅文法者于公所決皆不恨。郡中為之生立祠，號曰于公祠。」桂萬榮在《棠陰比事》的序言中曾提及此人，高羅佩先生在譯著《棠陰比事》英文本中也為他作註，記述其言語事跡。

本書後記中提到的埃德溫．賴肖爾（賴世和）是著名的日本學家，早年曾師從葉理綏（Serge Elisseeff），並擔任過哈佛燕京學社社長。做為美國駐日本大使，他在一九六六年前後與高羅佩先生常有交往[16]。在其本人的自傳中，也曾提及高羅佩先生，現試譯如下：「從另一個層面上說，自從學生時代起，我便與荷蘭大使高羅佩相識。他畢業於萊頓大學，以其創作的系列推理小說而聞名，這些小說以狄公為中心人物，情節緊湊，扣人心弦，採用了十四至十七世紀中國明代小說的寫作風格，然而表面上卻使用了七至十世紀中國唐代的逸聞趣事。在某一本書中，他還註明曾借鑑過拙作《圓仁唐代中國之旅》中的資料。」[17]

譯者在讀到有關高羅佩先生的生平記述時，不時會發現一些或與小說相關的有趣細節，不妨摘入譯後記中與讀者分享一二。萊頓大學的中國語言和文學教授何四維（Anthony Hulsewé）博士寫過關於高羅佩先生的生平簡介，其中提到「幾乎所有的研究報告表明，一旦他的興趣被激發了，他就會竭盡全力，力圖徹底弄清問題的癥結所

14 《大漢學家高羅佩傳》，第一二九頁。
15 高羅佩著，施曄譯，《長臂猿考》，中西書局，二〇一五年，第二十八頁。
16 《大漢學家高羅佩傳》，第二七一頁。
17 Edwin O. Reischauer, *My Life Between Japan and America*, Harper & Row, 1986, p.185.

在」。在荷蘭駐日大使館裡，「他做的事情不多。大家都知道他幾乎不工作，但一旦有要事，他總能找到正確的關係，總是能夠提供正確的建議，或者很快寫好一份高水準的、深刻的報告」。荷蘭外交部一個最高級官員曾經就他的工作說過：「就發給他的各項指示而言，我們當然不能指望他會嚴格執行，但他也永遠不會幹出傻事。」[18]高羅佩先生本人亦是興趣多樣、愛好廣泛，並收藏有《花營錦陣》、《江南消夏》等明朝春宮圖冊。從以上敘述中，不難看出本書中蓬萊原縣令王德化的影子。

本書第十五回中唐主簿臨終前大段囈語般的自白，或可與《湖濱案》楔子的囈語敘述對讀。書中被夫休棄的曹小姐後來結局如何，喬泰尋找的仇人何在，在其他後續作品中都將提及，還有第十八回開篇處提到的節度使倪守謙，也將會在《迷宮案》中大顯身手。凡此種種，足見作者對於書中人物的命運遭際，自始便有著明確的設定與通盤考慮，因此方可做到令這一系列小說既能每本獨立成篇，又能在整體情節上前後呼應，做到「草蛇灰線，伏脈千里」，讀來格外引人入勝。

張凌

二〇一八年十一月

18 《大漢學家高羅佩傳》，第一六四、一六六、一七九頁。

國家圖書館出版品預行編目 (CIP) 資料

大唐狄公案 : 蓬萊幽魂 · 黃金案 / 高羅佩 (Robert van Gulik) 著 ; 張凌譯 . -- 初版 . -- 臺北市 : 英屬蓋曼群島商網路與書股份有限公司臺灣分公司出版 : 大塊文化出版股份有限公司發行 , 2024.02

272 面 ; 14.8 x 20 公分 . -- (黃金之葉 ; 29)

譯自 : The Chinese gold murders : fantoom in Foe-lai.

ISBN 978-626-7063-57-6(平裝)

881.657 112021649

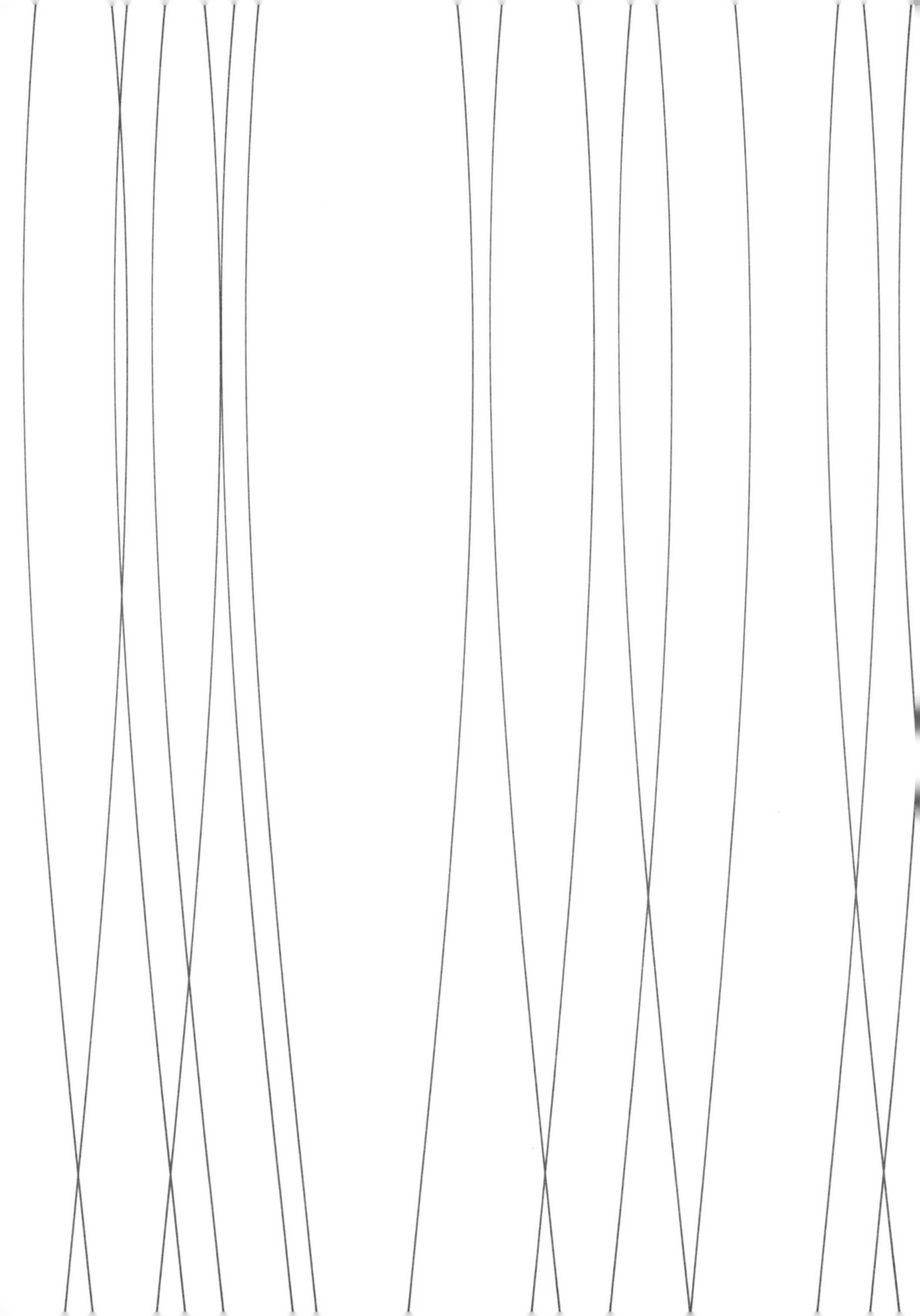

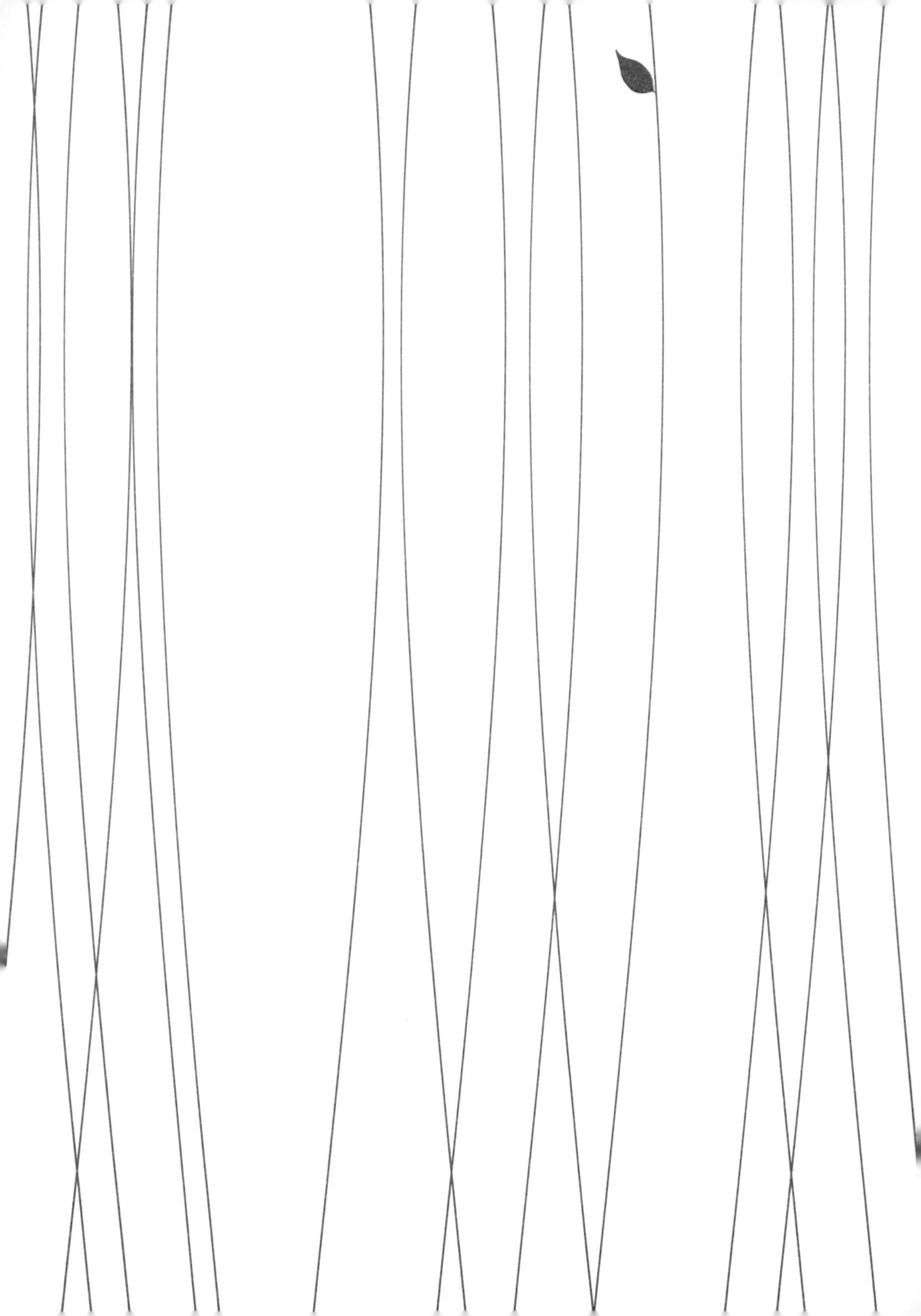